光のそこで白くねむる

待川匙

河出書房新社

光のそこで白くねむる

あかるい車両だった。くすんだ内壁の塗装が光を鈍く反射する、そのわずかな照り返しを浴びにいくように顔をあげて座っていた。

車内には長細い影がいくつも這《は》い伸び、それぞれが異なる周期で重なっては離れを繰り返す。窓の様子、だんだん位置の高くなる陽光の加減から、電車のなかはあかるくなり、また暗くなった。

景色が青白くひらけているとき、天井の電灯はほとんど発光せず、塗り忘れのような長方形の灰色が浮かぶばかりだ。それがトンネルに入り、すべての窓がべったりと闇一色に染まった途端、生白いあかるさを放ちはじめる。

でも、光の総量はずっと一定にも思えた。ほんとうは、強弱などないと思った。

その明滅を顔に這わせるように座っていた。

墓参りにいく。亡くなったと聞いて十年になる。ずっと意識の隅に引っ掛かっていたような、けれどもほとんど思いつきの旅でしかないような、どちらとも心づもりの据わらないまま、とにかく体が運ばれている。

昨日は飛行機でこちらへ来て、祖母のところに寄った。羽田からの直行便はわたしが上京したころよりずいぶん減っている。機体が高度を下げると、小高い丘の隅にねずみ色に塗られた区画が浮かび、いやに現実味を欠いたまままぐいぐいと近づいて、車輪が滑走路に接した瞬間、機体は路面の凹凸《おうとつ》をなぞってよく揺れた。

チューブ形の飛行機の空間、整列するシートのはるか前のほうで、子供が声をあげていた。そういえば、上空で揺れたときにも怖がっていた。声は気流のなかで浮いては沈み、言葉が像を結ぶ手前で消散し、意味はつかめなかった。それでも人声であることはわかるので、意識はひとりでに吸い寄せられていき、ふいに数文字のひらがなが明瞭にわかる瞬間があり、すぐにほどけて曖昧《あいまい》な音声の連なりに戻る。

機体が安定すると、声はやんわりと消える。眠ったのだろう。わたしも眠くなり、やがて子供の存在自体を忘れてまどろみ、着陸の直前に覚めて顔を上げるとまた声が聞こえてくるので、そうだった、前のほうに子供が乗っているらしいのだった、と思いだすことになった。あらためて聞いてみれば声は恐怖ではなく、機体の揺れを楽しんでいるのかもしれなかった。旅が怖いのはわたしのほうだ。どうだろう。わからない。車輪は滑走路を急速に転がっていく。

旅慣れた客たちには子供の声など聞こえていないかのようだった。着陸直後のアナウンスも耳に入っていない。客室乗務員が平坦な、しかし抑揚がないわけではない作り声で、機体が完全に停止するまでは座っているよう案内しているのに、客たちは席を立ち、さっさと頭上の荷物棚を探りはじめている。客室乗務員の目にはそれらの動作があきらかに映っているはずなのに、注意はなく、まるですべてが案内通り進行しているかのように、あっさりとマイクを手離す。

わたしは小さな手鞄《てかばん》ひとつきりを抱えて座っていた。

墓参り以外に用のない旅だから、しぜん荷物は小さくなった。しばらくして飛行機が停まる。可動式の階段が出口に設置されるのがわかる。それからさらに、奇妙な待機時間がある。業務連絡が何度か交わされるが、客へはなにも案内されない。長い。それまでも空のうえで長いこと座っていたのに、地表の時間の流れはやたらに間延《まの》びして思え、気のせいか少し暑く感じられた。早くに席を立ったものたちは、首をやや低くしてじっと静止している。ようやく扉が開かれて滑走路に足をつけると、どういうわけかみんないったん立ちどまり、すべての肺の空気をいれかえてから、ふたたび建物のほうへと歩き出すのだった。

空港の、到着口と出発口とは分かれておらず、おなじ機体の折り返し運航に乗るらしい数人の姿がすでにある。カウンター式の売店、化粧室のありかを示す看板、昼どきのみ開かれる小さな食堂の入口があり、食堂はすでに営業を終了している。一日の発着便を掲示するディスプレイは残り一行、そのそばを過ぎて少し歩けばもう正面玄関である。

機械があった。ちんまりとした古い空港のなかで、高速バスの券売機だけが新型に置き換えられて、三台も並んでいる。光沢のない黒の筐体《きょうたい》の中央で、手触りのよさそうなパネルがあかるい光を放ち、頻繁に表示を切り替え、その明滅がひとつのリズムをなしている。まわりにはだれもいない。ほかのものたちはタクシーか自家用車におさまっていく。結局、バスの乗客はわたしを含めて三人きりで、あの子供のすがたは最後まで目にしなかった。

十年前この空港からあてもなく上京し、ありきたりの貧乏生活を続けた。外に出て働くということが、なんらか自分を被害者の状態に置く行為であるかのように、つねに感じた。アルバイトを転々としたのち、ここ数年は神社の参道に軒《のき》を連ねる商店街の土産物屋《みやげものや》に落ちついていた。

思いがけず休みになった。どれくらい長い休みになるかはわからない。店はシャッターを閉め、「無期限休業」とわたしの字の張り紙をしたまま一週間以上になる。

店舗は数度移転しつつも、屋号じたいは大正期からあり、昭和の末には火事で全焼したこともあるのだと聞かされた。土産物屋を名乗っているし、和傘や匂い袋の類《たぐ》いもあるにはあるが、目立つところには話題のアニメグッズ、カプセルトイの販売機、壁には世界一周旅行のポスターが貼られ、そもそも売り物は店舗面積の三割程度にとどまり、あとの大半は観光地化した商店街の、観光客が足を休めるための喫茶スペースになっていて、客足の合間に商店街の寄合《よりあい》までなされるのだった。

わたしはそこで、ペットボトルのアイスコーヒーだの、前日の夜から解凍しておいた饅頭《まんじゅう》だのを、見た目ばかりは小綺麗《こぎれい》な器に移しかえて客に出す仕事をしていた。賽《さい》銭《せん》のための両替も兼ねてわざと半端な値段にし、レジ下の小さな引き出しには棒状にまとまった予備の硬貨が隙間なく並ぶ。客のいないときにはその凹凸のひとつひとつを指でなぞっているのが好きだった。

四代目にあたる店主と、その従兄弟《いとこ》の副店主と、わたし。それから店主の旧友だという、しかしずいぶん歳の離れていそうな、名前もわからないおじさんが年に何度か裏口から入ってきて、野菜や果物の入ったビニール袋を押しつけるように手渡し、しばらく勝手に掃除などして、客がいてもお構いなしで店主をつかまえ、ひとしきり話して帰っていく。おじさんの風体《ふうてい》はどことなく狸《たぬき》を思わせる。

面接のときは、店がちょっと怖かった。着いて早々、硯《すずり》と紙と細い筆を渡され、紙は書道用のものではなくコピー用紙そのもので、営業中の、それなりに客のいる店内のいちばん隅のテーブル席で言われるがまま墨をすり、あらかじめ印刷された活字の内容を転写した。ぎこちなかった。墨は紙のうえで浮き、半端な滲《にじ》みになった。習字など小学校の授業でやったきりだった。客席のほうから、会話の合間にそれとない一《いち》瞥《べつ》が挟まるのを感じた。

採用します、とだけ言って口を閉ざした目の前の男が、店主だったか副店主だったか、よく覚えていない。ふたりはとても似ていた。よく見れば顔の造作などは細かく違うのに、表情筋の動きや、ふとした呼吸の置きかたなどが奇妙に同期しているふたりなのだった。仕事着のよれた雰囲気もおなじだった。数年働いたあとでもまだ、ふたりのどちらかが薄い背中を向けていると、どちらの名前も呼ばずに、あの、とだけ声をかけることがあった。

朝はわたしひとりでシャッターをあけ、準備がおわるころにどちらかがやってくる。店主も副店主も時間ぴったりに来て、ぴったりに帰る。例外はない。ふたりともおなじ床屋《とこや》で、おなじかたちの丸坊主にしている。年に一度、商店街の端にあるめがね屋にふたりで行って、揃いのめがねを新調してくるらしいのが、とてもへんだと思った。

店のことは、わりあい好きなほうだった。店には整然としたリズムがあった。客の多寡《たか》すらもあらかじめ計画されていたかのように動く。慣れてくると、朝におもてのシャッターを開けた瞬間、繁忙期と閑散期の切りかわる音が聞こえてくる。修学旅行の時期、海外のバックパッカーが多く訪れる時期、休日でもほとんど客のいない時期、それらの境目が空気からわかる。週のはじめにすべての椅子をひっくり返して拭きあげ、水曜日に仕入をおこない、木曜日は必ず店主と一緒のシフトで、店主はお昼に銀行へいくので、わたしひとりで少し忙しい。欠勤も遅刻もしなかった。ふたりとおなじように、時間通りに来て、時間通りに帰った。あの店で働きはじめてから、体調をまったく崩さなくなっていた。

簡単な作業を表向きこなしていれば、頭でなにを考えていてもよかった。とはいえなにも考えてはいなかった。もっぱら前夜に見たアニメを脳内で再生し、重要なシーンの緻密《ちみつ》な作画を思いだしてにわかに気持ちが昂《たかぶ》っても店の時間は関係なく流れていく、それがよかった。すべては店のリズムのなかにあって、乱さなければ何をしていてもよかった。けれども、リズムは壊れてしまった。その日、わたしは店主に頼まれて、休みをとりかえることになった。

そんなことはそれまで一度もなかった。

どうしても、という念押しがどうにも店主らしくなく、子供相手のように姿勢を低くし、まっすぐ目線を合わせて話されるのも初めてで、どうにもすわりがわるかった。彼は、印象よりも目元のしわが多かった。黒目も大きかった。目線をうまく外すこともできないまま、どうしても、と繰り返し懇願されると、感覚が夢のようにねじれてくる。断わりたかった。いやだった。本当は億劫《おっくう》なだけだった。家で洗濯機をまわすルーティンが一日後ろにずれるのが面倒だという、ただそれだけのことで、恐怖に近い不安を感じた。わたしの情動は店のリズムとほとんど融着《ゆうちゃく》してしまって、その程度の乱れも許容できなくなっていたらしい。

口先は、しかし、そのような内心とはまったく無関係に快諾の言葉を述べていた。店主たちの指示にはいつでも、はい、と応じるのが店でのわたしのリズムなのだった。応じながら、このひとの顔はやっぱり店主たちとは似ても似つかない、と思った。目元だけでなく顔面全体のなにもかもが、記憶にある店主や副店主とはちがった。誰だろう。代理出勤当日の朝にシャッターを開け、空調をつけて座席の清掃をはじめると、自分の腕や脚の、とくに関節のあたりが、いつになく重く感じられた。

その日も時間通りに退勤し、自宅の玄関で靴を脱いだとたん、数日分の眠気が正面からのしかかってくる。長いこと、整然とした店のリズムにあわせてきた代償のように、部屋の床には食べのこした弁当や、ペットボトルや、公共料金の支払い用紙などが散らばり、寝起きする時間も毎日ひどくばらばらになっている。すこし休憩するつもりで床に倒れ、すぐに眠りこんでしまった。店からの着信があった。無意識に取ったがまだ目覚めてはおらず、半分眠りのなかで声を聞き、自動的に返事が出た。はい。靴をはいて外に出ると、もう暗くなっていた。

電話の声はひどく低かった。わたしにも客にもまったくおなじように向ける、抑揚ばかりのいつもの愛想のよさは微塵《みじん》もなく、低く曇った声だった。言われたとおり店に戻ると、一言目に無期限休業を告げられた。用意されていた筆をとって、その言葉通りに字を書いた。机のすみに警察署の電話番号のメモがあった。すでに営業を終えた店の電灯はひとつきりしか点《つ》いておらず、すぐ正面にある坊主頭の影が放射状に重なるので、手元が揺らぎ、線が歪《ゆが》んだ。

いつもとくに雑談をするわけでもないので、暗い店内で墨が乾くのをふたりで黙って見つめた。離れて見ても、やっぱりすべての線が微妙に歪んでいると思う。書き直しは申し出なかった。普段から上手なわけではないし、うまくなるつもりもないから毎日書いてもまったく上達していない。

しばらくして、ほとんど歯擦音《しさつおん》だけで、っし、と言って立ち上がるので、うしろについて裏口からおもてにまわり、すでに下ろしてあるシャッターに紙をあてがった。わたしが正面から紙を押さえているあいだ、横から細い体をねじるようにして養生《ようじょう》テープをまず四方に貼り、っし、というのでわたしはもう手を離してよく、粘着の強い黒いガムテープが、養生テープの上から几帳面《きちょうめん》に貼られていくのを、わたしは一歩下がったところで眺めていた。

貼りおわると彼は養生テープの輪っかと、黒いガムテープの輪っかを左右の手首にそれぞれはめ、しゅ、と息を吐いた。それから、しゅううううう、と長く吐いた。吐きつづけた。止まらなかった。しゅううううう、と空気を失う風船みたいな音はいつまでも止まらず、彼の体はじっさいに足元のほうから崩れていって、膝が折れ、腰が落ち、背中が曲がり、首が前におちこんで、ぐんにゃりとその場にへたりこんでしまった。

暗い商店街の、街灯のあたらない部分にわたしたちはいた。地面に手をつき、うつむいて表情の見えない、めがねの縁《ふち》だけが光っている坊主頭のこの人物が、副店主のようにも、店主のようにも、どちらでもないようにも見えた。そのときになって気づいたことだが、彼は腕が相当長かった。長いというか、重力のままに伸びて垂れて、なんだか水死体の腕みたいだと思った。

その片腕が持ち上がりはじめた。かろうじて体内に残る空気を結集するように、徐々に持ち上げて、こちらに差し伸ばしてくる。細く痩せた腕に沿ってガムテープの輪がずり落ち、肘にかかった。なにか言う。聞きとれない。

はい。

聞こえなかったけれど、とにかく応えて、差し出されたものを受けとった。くしゃくしゃの紙。わたしがくるまえに彼ひとりで書き損じたものだろうか。であれば、後で捨てておけということだろうか。わたしがそれをポケットにしまうと、彼はこちらを一瞥もしないまま長い腕をだらりと降ろして、また動かなくなった。少し待ったが、何も起こらなかった。はい。わたしは言った。言われたこと以外はしなくてよい。わたしはそんな店が好きだった。失礼します。

歩きはじめ、一度だけ振りかえると、影のなかにうずくまった人物の頭頂部が陰のなかに浮かんでいた。よわい輪郭だった。つぎに見たときには消えていてもおかしくなかった。わたしはその日二度目の帰路に向きなおり、それからは振り返らずに歩いた。ポケットに手をいれて、中の紙くずを握ったりゆるめたりした。街灯の下で、自分の足がきちんと動作していることを目視で何度も確認したくなり、実際にそうした。

いったん止まってその場で膝を上げたり、ジャンプしてみたり、早足になってみたりした。

気分は奇妙に凪《な》いでいた。

爽やかと言っていいくらいだった。指示通りに働き、指示通りに休む、ただそれだけのことだ。それに、とわたしは思った。いずれにせよ明日はもともと代休の予定だったのだ。

いくつか路地を曲がると、やがて煌々《こうこう》とあかるいスーパーの軒先にいきつく。そのあかるさですこしだけ気持ちがゆるむ。ゆるんだことで、それまでのこわばり具合がようやくはっきりと自覚される。代理出勤を打診されたとき、家についたとき、電話で目覚めたとき、紙くずを渡されたとき、ずっとわたしはこわばっていた。こわばっていることを、ほんとうは知っていて、知らないかのように振る舞ってきた。

スーパーの外壁沿いに大きな丸いごみ箱が、燃えるごみ用、ペットボトル用、ビン・カン用と三つ並んでいる。ポケットから紙くずを取り出す。奇妙な柄《がら》だった。書き損じではなかった。どことなく見覚えもあった。丸まりの多少ひらきつつある紙は、光のなかで触るとすこし吸いつくような、ざらりとした感触があって、それにも覚えがあった。広げてみる。一万円札。何枚かある。七枚ある。

わたしはとりあえずごみ箱のそばを離れ、証明写真機のちかくに寄って、紙幣を広げ、手のひらで何度もなぞり、しわをのばした。あたらしい肖像の紙幣。給料ではない。週ごとに現金払いの給料は、おととい退勤する間際にもらったばかりだ。それに、あの店はいつもまっさらな新札をくれる。客から受けとったものもすべて銀行で新札に換えてくる。休業にともなうボーナスのつもりか、あるいは退職金というつもりなのか。わざわざくしゃくしゃにするなんて、もしかして偽札なんじゃないか。でもいずれにせよ、とわたしは思った。翌日はもともと代休の予定だったのだ。家にこもる予定に変わりはない。

スーパーで、いつも買うインスタント食品や、最近よく飲んでいる豆乳、いくらかのお菓子と、煮出して冷蔵庫に置いておくためのお茶パック、レジの手前で奇跡的に思いだしたので、切らしかけていたごみ袋も買って部屋にもどり、もう外出の用がないことに安堵《あんど》しながら玄関のドアチェーンをかけ、買い物袋を降ろすと、また眠気がやってくる。

今すぐ入浴するべきだという正しい考えを帰路の途中から持っていたが、体はなかなか浴室に向かなかった。いったんキッチンで水を飲んで考え、居間に移動し、もういちど考え、そんなことをしているうちに疲れはどんどん噴き出し、疲れにしてもちょっとおかしくて、これは風邪かもしれないと思い至った。そう思うと、鼻のなかからわずかに変わった匂いがしはじめた。諦めよう。まず眠って、起きてからシャワーを浴びてもよいのだ。わたしは点けたばかりの灯《あか》りを消し、寝床に入るとすぐに眠りに落ちた。

目が覚めた。夢をみなかったのでかなり長く眠った気がしていたが、外はまだ暗かった。入浴せずに寝入ったとき独特の、皮膚の表面が張りつめて弛緩《しかん》しきらない感じがあった。わずかに頭痛の予兆もあった。外着のまま横になっているのが窮屈だった。脱いで、その動きの流れでスマホを取って開いたニュースに、無期限休業、とわたしが書いたとおりの張り紙の画像が載っていた。

ニュース本文は短いものだった。店主の姓名、括弧書きされた実年齢、わたしに休みを交換させ街中《まちなか》に出た彼が起こした行動を端的にあらわす単語、死傷者の数、とりわけ亡くなった数名のうち、身元の判明しているもののおおまかな年代、店主本人については逃走、すこし遅い時間の追記で身柄拘束、とだけあった。

寝なね。

わたしは声を聞いた。わたしが言ったのではなかった。わたしの意識の前提となっている、めったに表にはあらわれずふだんはその存在すら感覚されない、でもずっとついてきていて、人生のうち例外的に数回だけ介入してくることのあるわたし以前のなにものかが、どうやらそのように判断したらしい、とわたしには直感された。

そうだね。

返事をしても、話しかけてきたものの気配はすでに消えている。そうだね。繰り返しても、言葉はわたしのなかだけで反響するだけだった。いずれにせよ、とわたしは思った。わたしはこのことをもう二度と考えないだろう。何も起こらなかった。記事をみたことも、もういちど眠れば完全に忘れてしまって、二度と思いださなくなるだろう。そうしなければならない。明日はもともと休みの予定なのだ。ずっと眠っていられる。それで忘れてしまえる。何も起こらなかった。

眠った。覚めても寝がえりを打つことさえせず、可能な限りじっとしていた。日がのぼり、尿意が限界と収束とを三、四回は行き来し、やがて頭痛に変わり、吐き気へと変換されかけたくらいのころになってようやく起き上がり、用を足した。キッチンで水を飲み、すぐに布団にもどった。幼いころ、顎のところに十数針縫う怪我をしたことがあって、すっかり痕さえ消えているはずの傷の記憶の部分を、意識が落ちきる間際、手のひらで撫でてしまう癖がなおらない。

わたしは眠るしかなかった。眠いかどうかはもはや関係なかった。打ち勝てばいい。

生物にとって、眠気を力ずくで抑えこんでいつまでも覚醒しつづけることは不可能に近いけれど、逆に覚醒を圧倒し、体をむりやり眠りにひきずり込むことはまだできる。指先ひとつ動かさないように意識し、呼吸は深く、背中を下にしてじっと待てば、遠ざかっていた眠気のほうが根負けしてそろそろと戻ってくる。指先ひとつ動かさないよう、じぶんが土に埋まっている様子を想像してじっと静止する。

小さなうすい棺桶《かんおけ》のなかに、あたたかい水が張られている。生を喪《うしな》ったわたしにはそれが永遠の広がりに感じられる。水は背中や頭のうしろをなめらかに包み、一切の時間は止まっている。内臓も動いていないし、爪や髪の伸長もない。朽ちることもない。

覚めると、それでも布団は乱れていた。眠っているあいだはずいぶん動いてしまっているらしい。実際に土に埋まる死体も案外みんなもぞもぞと動いているのかもしれない、ほんとうに静止しているか確かめたひとはいない、などとつまらないことを考え、また眠った。

睡眠と覚醒の合間で、小学校の鐘が何度か聞こえた。

ワンルームの掃き出し窓にしつらえられている、ベランダというほどでもない物干し用の足場にもし出ても、その校舎を見ることはできないはずだった。裏手の小学校はいくつかの建物と街路樹に隔てられて、部屋からは、音でしかわからない。カーテンを閉めきって布団の上で目を閉じる。鐘が鳴って、子供たちがいっせいに飛び出してくる。そのようすが音だけでわかる。休み時間なのだろう。音が聞こえるときだけ、小学校の存在を思い出す。鐘と一緒に家の呼び鈴が鳴った気がする。混ざっていてよくわからなかった。無視する。わたしは部屋にいない。

わたしはいま、あの小学校のグラウンドの土に埋まっている。鐘が鳴り、わたしの上を無数の靴が踏む。振動が土を揺らし、地中で反響するので、呼び鈴はかき消されて聞こえない。何度も鳴らされた気がするけれど、現実に人の手で鳴らされたものか、夢のなかで鳴っただけなのかもわからない。

玄関のドア板の外側に、音符のマークのボタンが丸く突き出て、指を重ねて力を込めれば、こちら側の機構から音が出る。いつでも出る。出るという可能性が幻の音になって、鳴らされる前からわたしの空間を侵していたから、現実に鳴らされてもわたしには区別のつかないことで、警察や報道のものがいつ来てもおかしくはなかったし、店主にころされた人々が群れをなしてやってきて、足を踏み鳴らし、ボタンも扉もお構いなしに無数の手で叩いて、あいつの仲間だ、あいつの命令を聞いて動いていたやつだ、あいつが代理出勤を拒んでさえいれば、と問い詰めてくるかもしれない、違う、だめだ、わたしはそのことを考えてはいけない。そんなふうに考えてはいけない。

違う。店主はあのようなことをしていない。そういうことにしておかなければいけなかった。加害者は店主ではない。あんなによく似た副店主がいるくらいだから、似た背恰好《せかっこう》のものが世間にはもっといて、たまたま人違いで捕まってしまっただけなのだ。それに関しては店主も悪い。そうだ。何年ものあいだ固定だったシフトを急に変更なんてするから、よくないことが起こるのだ。いや、違う。何も起こらなかったのだ。そうだよね。何も起こってなどいない。

わたしはいま部屋にいない。土の下の死体だから、呼び鈴は聞こえていないし、誰も部屋には来ていない。

でも死体をつづけていると、だんだん背中が痒《かゆ》くなってくる。わたしは布団の擦れる音をなにかに聞かれてしまわないよう、じっくり時間をかけて手足の位置をずらし、また全身から力を抜いた。夜が来る。夜は長い。

だめになった。明けがた前、これ以上は横になっていられないと体のほうから訴えてきた。全身のすみずみまでが凝り固まっている。起き上がり、時間をかけて伸びをするが、何度くりかえしても背筋は完全には伸びきらず、かわりに吐き気が臓器の裏を衝《つ》いて、止めようとしても間に合わずに温かく酸っぱいものが喉を這い上ってくるけれども、何も食べていないので吐くものはなく、布団と似た臭いの空気が薄く出てきただけだった。脱ぎっぱなしの服をそのまま着こみ、すこし水を口にして、外に出た。肌寒かった。風がないので、歩くうち暖かくなってきた。

公園の、まばらな街灯の光をたよりに、池のそばへ出る。水は真っ黒な塊《かたまり》である。風はないはずなのに、水面が微細に波立っている。橙色の街灯がひどく歪んで映っている。なにに由来するのかわからない、白く小さな光の点も頻繁にちらつく。底は、揺らぎの有無も見てとれないほどに黒い。

しばらく入浴していないから、歩みを止めると頭皮や背中の痒みがひどくなった。自販機で温かいコーヒーを買い、缶を口元にもってくると、香りで胃の上のほうがぐっと縮こまるのがわかった。何か食べたいような、食べたくないような気がした。

すこし前、スーパーの前を通らない、遠回りのほうの通勤路にある中華屋に入ってみたことがあった。小さな換気扇が三つ並んでまわるだけの、湿った中華屋の感じが、座ったとたんに落ちつかなく思えた。建物は古びてはいるが清潔である。ただ、ほかが空いているのになぜか手洗いに一番近いカウンターの隅に通され、料理を待っているあいだ、手前の円卓の、すでにビール瓶をいくつもあけている常連らしき集団が頻繁に席を立ち、手洗いに出入りするたび、石鹼の匂いが立って食欲がしぼんだ。店員がその席にものを運びぎわ、行くときと帰るときと、二度ともかならずこちらに目線をよこすのも気になった。

そのとき、大ざっぱな味の回鍋肉《ホイコーロー》定食に付いてきた小さなわかめスープの容器が、わたしの小学校の給食のときのものとまったく同じであることに気がついた。ずっと前に触《ふ》れることのなくなった、当時から気にしてもいなかった容器の色かたちなどを大人になったいまでも思いだせることに、それどころか、一人暮らしをはじめてすぐのころ、いまはもう閉店してしまった近所の量販店で同じ器を見かけて、あ、同じだ、と思ったときのことさえ同時に想起されていることに、感心するような呆《あき》れるような気持ちになって、回鍋肉の油のついたままの箸で掻《か》きまわすと、黒い油の粒がいくつも底から浮いてくる。池のそばで、わたしはそのことを思いだした。

わたしの人生には覚えておくべき重要な事件など何ひとつ起こらなかった。すべての重要なことは外のどこかでわたしと無関係に起こり、わたしにはただ繰り返しが続くだけの、器の一致くらいしか出来事のない、平板で退屈な年月が流れていっただけなのだと強く思った。何も起こらなかった。

それから、あなたのことを思いだした。

あなたもおなじ小学校に通い、おなじ器で給食を食べていたうちのひとりだった。

そして、小学校を卒業するまでのどこかで、かかわりは途切れていたはずだった。顔を見なくなってから長い時間が流れ、わたしが高校を出た春の、東京にむかう飛行機に乗る前夜、生家で過ごす最後の夜に、母が言った。

寝入りぎわ、電気を消し、完全に闇に包まれた空間のむこうから、母の声がした。わたしにさえ聞こえるか聞こえないかの声で、小さく、なぜか後ろめたいことを言うときのように、母は言った。あの子、ずいぶん前に亡くなってたんや。いつかあんたに言うてやろうと思いよったけど、忘れとった。小さいころ、よう一緒に遊んどったのにね。母はそれきり黙ってしまった。ぷつりと話を切った母の顔がこっちを向いていたのか、むこうを向いていたのかさえも、暗くてわからなかった。それからの母が寝入ったのか、しばらくは起きていたのかもわからなかった。寝息をほとんど立てない母だった。ほんとうに母だったのか。

翌朝、駅に向かう道中で、もういちどきちんと聞いてみたいと思ったけれど、上京の朝を迎えたわたしに対して、いつも静かな母はだれか別人に憑依《ひょうい》されたかのようによくしゃべった。おかあさんは若いころ飛行機に乗ったことがある。おかあさんはそのときカナダに行って、友達と四人でツアーに参加したのが最後で、おかあさんはそれから三十年は海外どころか国内線にも乗っていない、今は機内食もよくなったと聞くがおかあさんは食べたいと思わない、おかあさんは、おかあさんは、と一方的にまくしたてた。駅の前に着くと、電車がやってくるまではまだ少しあるのに、ああそうだ、おかあさん洗濯機まわしっぱなしだからね、帰らないとね、じゃあね、と言いきらないうちから、いま下ってきたばかりの坂をそそくさと戻りはじめ、坂を上るにつれ背中はどんどん小さくなって、わたしはそれをただ眺めていた。東京での生活が始まり、家賃や税金の支払いに振り回されて過ごすうち、気づけば母とは疎遠になっていた。

はじめての一人暮らしでは、お金の悩みが尽きなかった。学歴も職歴もなく、落ちると思って手あたり次第に面接を受けたせいでアルバイトを四つ掛け持ちしたこともあった。ひとときにすべて辞めて一歩も外に出ず風呂にも入らず、同じ音楽を朝も夜もループするしかなかった数ヶ月があった。あの店に雇われてからは、二週間に一度の休みだけで働きづめだった。すでに十年も帰郷していなかった。あなたの墓参りにいくというのは、だから、ほんの思いつきでしかなく、思いつくに足るだけの記憶がまだ意識の底に残っていたことにさえ少し驚きがあるくらいの、小さな気まぐれだった。

変わった子だった。恐竜が好きだった。顔はおぼろげで、覚えているのはあだ名だけで、本名についてはどんな文字から始まっていたのかもまったく思いだせない。ただ一時期よく遊んだ歳下の子のうちのひとり、というだけだった。特別なことは何もなかった。たしかお兄さんがいて、その人のほうが学校の人気者だったと思う。それでも思いついてしまったので、墓参りにいってみたくなった。あの集落に墓地はひとつだし、行ってみればわかるだろう。

旅に対する不安はあった。泊りがけの旅などしたことがない。中学の修学旅行は台風の時期で、延期に延期を重ねたあげく中止になって、高校の修学旅行には自分から行かなかった。大人になってからは旅をするだけの余裕がなかった。自分がどれくらい旅疲れするものかわからない。数年前に借金をして治療した帯状疱疹《たいじょうほうしん》のあとがいつ痛みだすとも知れなかった。

けれど、あの夜に店からもらった七万円をなるべく簡単に使ってしまう方法が、ほかに思い浮かばなかった。さまざまに繰られた断念事由は、公園の池のそばでコーヒーを飲み、空の端が白んでくるのを眺めているうち、ひとりでにほどけていって、結局なしくずし的に飛行機を予約していた。

いつのまにかひらがなの奇妙な愛称がついた地方空港からバスで五十分、県庁のちかくのバス停が終点で、少し歩けば祖母のところがある。あなたの墓に行く前に、祖母のところにすこしだけ寄るつもりだった。

祖母がいまのところにうつるまで、生家には、祖母と母とわたしの三人が住んでいた。途中で祖母がうつり、つぎにわたしが上京し、最後に母が出た。生家のあった田舎の駅までは、ここからターミナル駅までさらに歩き、電車で一時間半ほどかかる。そこにあなたの墓もある。

わたしの生家はもとは祖母の兄、わたしの大伯父《おおおじ》の持ちものだったと聞く。船員として陸を離れることの多い大伯父のかわりに、早期離婚したばかりの祖母が住むことになった。大伯父はベトナムで三度目の結婚をし、最期まで日本に帰ってこなかったから、わたしにとっては過去のひと、祖母に家を譲った時点で土地から永遠に消滅してしまった大昔のひとであるかのようだった。

だから大伯父が、わたしが高校生になるまで海のむこうで生きていた、という事実を思うとちぐはぐな気持ちになる。高校から帰ると、あちらの言葉で書かれた手紙が届いており、本文の余白に、誰かに頼んで訳してもらったと思しき、ペン先のあきらかに異なる日本語書きが添えられていて、夫の墓は本人の遺志でベトナムにある、参りにくるならばいつでも歓迎するし寝床も食事も提供する、連絡先がわからなかったのでこの手紙を書くまでに死後半年もかかってしまい申し訳ない、という旨がきわめて親切に書かれてあった。

ベトナムの文化ではどんなふうに埋葬をするものなのか、墓石はどんな形をしているのか。その国際郵便が届いたころ、宛名の主である故人の妹、わたしの祖母は、すでに家を出てしまっていた。大伯父以外の祖母の縁戚のこともよく知らなかった。そのとき家主となっていた母が手紙にどう返答したのだったか。

いま、母は再婚して他県にいる。今回会う予定はない。上京した最初の年、母の誕生日に連絡をした。なにも返ってこなかった。しばらく経ってむこうから、再婚して住居をうつり、あの家は取り壊して土地を売ったのだという事後報告がはがき一枚で、なぜか送り主の住所はあの家のままで届き、それきりになった。

あの家の入口は暗かった。玄関の床に、小さな花瓶がひとつ飾られていたが、花はなく、ふちのところに長年の埃《ほこり》が積もっていた。すぐ天井を見上げると、大きな網が吊《つ》るされて、その中になにかがあった。網の下端のほうが、うすい擦《す》りガラスの玄関扉よりも高い位置にあったので、昼でも光は当たらず、網のくすんだ緑色がわかる程度で、その奥に眠る灰色の塊は輪郭さえぼやけ、影そのものでしかないように見えて、おそろしかった。電球が部屋を照らすのと逆で、まるでこの塊自身が影を放って土間を、家を、暗くしているのではないか、昼間でも電気を点ける必要があるのは、母の言うように窓がないからではなくて、ほんとうは家にこの塊が存在するせいではないか、と幼いわたしは疑った。

ずいぶんあとになって正体を母に聞くと、わたしが知らずに大きくなったことに意外の声をあげてから、あれは蜂の巣なのだ、と教えてくれた。加工をほどこし、吊るして魔除けにする。母がこの家に来るよりずっと前からあったという。おそらくは大伯父の家を譲りうけた祖母が、生後まもない息子とのふたり暮らしをはじめたとき、この家は女と子どもだけになったので、近所の誰かが魔除けを節介したのだろう、と母は推測を述べた。大人の男の居《お》らん家はマジナイでもせんと暮らせん、そう思われとるんや、くだらん迷信や、と母は言った。その話を聞いたときも家は母とわたしのふたりきりで、依然として蜂の巣は黒ぐろと掲げられていた。

玄関から短い廊下を挟んで、畳の部屋が二つ連続する。奥のほうが食事の場所、手前が仏壇を置く場所ではあったのだが、襖《ふすま》は外されて納屋《なや》にあったし、眠るときも両方の部屋を使ったから、部屋は二つでも一つでも同じことだった。その先に台所があって、台所から左にまわりこむと廊下があり、洗面台、トイレ、風呂場に通じている。これだけの小さな母屋である。上からみれば逆L字形をなしていて、真四角な敷地の残りの部分に雑草が生えるので、夏になるまえにいつもわたしが草引きをした。

それから、台所の裏の勝手口を出ると納屋へつながる階段があった。母屋も納屋も平屋だったが、傾斜した土地を掘りこんで均《なら》したうえに家屋を載せてあるので、納屋の入口までは階段で上がる。納屋はほとんど空《から》っぽで、襖のほかにはもう使われていない昔の園芸道具が隅に転がしてある程度だったが、陽当たりがよいので毎日の洗濯物はそちらに干すことになっていた。

とても小さいころ、わたしの記憶空間を仕切る紗幕《しゃまく》の、むこうがわに遠く白く影があるばかりのぼんやりとした乳幼児期、わたしには壊し癖があった、という。

そのころ納屋にはもっとたくさんのものがあって、わたしはそれらを手当たり次第になんでもつかみ、叩きつけ、引きちぎり、投げ捨てた、という。この子は加害者んなる、将来どうしたって加害者んならあ、と祖母は言った。盗みでも殺人でも放火でもする、気に入らなんだらなんでも壊す、手のつけられん子や、と祖母は言った。それで、納屋のものはほとんど処分されたらしい。わたしは人の言葉を話すようになり、背が伸び、学校に通うようになったが、目の前にわたしが存在する限り祖母の口からは加害者加害者、といつまでも言葉が出た。幼なすぎる時期の壊し癖の記憶はわたしにはほとんどなく、それでも加害者加害者と祖母は言うので、すべてがいわれのない罵倒のように感じられ、大きくなったわたしが老体の祖母に摑《つか》みかかったことが一度だけあった。

　そのときも、わたしはなにものかの声を聞いた。祖母の声ではなかった。わたしのなかだけで聞こえるなにものかの声だった。なんと言ったかはわからなかった。聞いた、と思ったときには消えていた。祖母の顔が眼前にあった。そのときの、皺《しわ》ひとつぴくりともしない感じ、一抹の驚きもなく、それどころか動物としての、自らに向けられた攻撃への反射的な微動すらなく、しずかに瞳孔をひらいたまま、加害者加害者と繰り返す口が止まらない、その感じからわたしは悟った。祖母は機械だ。ずっとまえ、わたしが生まれるまえから祖母は機械になってしまっていたのだ。

　発声の頻繁な祖母だった。

　祖母の機械はいつも夜明け前に起きあがり、母屋の端にある仏壇に火を灯《とも》し、経をあげることから一日をはじめる。わたしと母が眠っていてもおかまいなしに読経をつづけ、わたしたちが活動をはじめてもずっと仏壇のまえに正座し、昼どきになってようやく居間に移動してテレビをつけ、なおも口腔の運動を続ける。

　口から出るのは天気や体調に対するぼんやりとした述懐、土地への嫌悪、もう数十年もまえに交流の途切れた人たちの悪癖や身体的特徴の批評、テレビのなかのタレントや政治家にたいする当てこすりめいた非難、といった類いの意味内容を出力していたが、本当はそうではなく、それは言葉通りに受けとってしまった結果でしかなくて、発話は半自動的なもの、人語ではないもの、発話器官の機能に意識を完全にあけわたして、喉の筋肉と記憶と意識とが混濁するままに音声つきの呼吸を吐いて、吸って、また吐いてを繰り返しているだけの機械の動作にすぎないのだった。読経もまた肺や口腔などの運動の一例であって、人間的な意味づけなどそこにはなかった。

　読経を終えた祖母の肉体は、それ以外の日課や交友をもう何十年も持っていなかったから、残りの気力は持てあまされ、古びた座布団に座り、発声運動をつづけ、日没までの時間を受け流すばかりだった。ときどき排泄《はいせつ》に立つ。母が煮崩したおかずを啜《すす》るようにして食事する。

　わたしの肩が和室と台所のあいだの柱にぶつかったとき、わたしの指がふいに物を手放し、床に落として音が鳴ったとき、その振動が祖母を刺激し、駆動する。加害者加害者、と出力はえんえんと止まることなく、ときどき咳《せ》きこみ、よく声の反響する家屋のなかで、わたしはそっとその場を離れ、発話は虚空《こくう》にむかって継続される。

　家は小さいからどこにいても音が伝わった。外があかるいあいだ、家はつねに祖母の声に浸されており、暗くなると声は止み、つぎの朝からまた始まった。わたしはそれらを、ただの放射、出力、点滅に似た現象として捉えておかなければいけなかった。

母もそうしていた。人語として解してしまえば、自責と他責を無軌道に往復する意味の重力に引きずりこまれてしまいそうだった。

でも、わたしは祖母を憎んではいなかった。祖母もわたしを嫌ってはたぶんいなかった。好きとか嫌いとかではなくて、目に触れるもの意識にのぼるもの、世界という入力をすべて受けとり汚言《おげん》と呪詛《じゅそ》を出力する機械こそがわたしと血の繋《つな》がった祖母であるという、ただそれだけのことなのだった。

なるべく食事をともにした。夜勤がないときは母も一緒だった。段差の上り下りも手伝ったし、週に二度やってくるヘルパーさんに対しての罵詈《ばり》雑言《ぞうごん》も近くで聞いた。ヘルパーさんたちは、声音だけで肯定しつつ、他人ゆえに完璧にいなし、目は身体の動きだけを注視し、補助を差し込んだ。そのみずみずしい所作に、ひそかな憧れを抱いたものだった。着古した祖母の服はいつも線香のいいにおいがした。一緒に洗濯して納屋で干すから、わたしの服にもいくらかうつった。

夜になると、一時停止した祖母の機械は食卓でじっと黙って、テレビが自分のかわりに喋りつづけてくれるのを聞いていた。寝入りぎわ、ローカル局の番組の合間にCMが流れた。

よっぽどええ。

瞬間、わたしは祖母の眼球が赤く発光したと思った。

直接見えたわけではなかった。わたしは祖母の斜め前に座り、テレビの光を左頰に浴びながら学校の宿題に集中していて、テレビの光とはあきらかに異なる鋭い赤光が祖母のほうからやってきたように思い、祖母が発話しおわってしまってから祖母のほうへと顔を上げた。それきり口を閉ざした祖母の目は、しかし、いつも通り黒ぐろとしたまま、じっと押し黙ってテレビに向いていた。口がさっきまで開いていた痕跡さえ感じられなかった。祖母の口はずっと閉じていたのかもしれなかった。

CMは毎夜繰り返された。生家から電車で一時間半かかる、県庁のある市街地、生家のあたりのものがばくぜんと街、と呼んでいるほうに新しくできた、納骨堂のローカルCMだった。毎夜まったく同じ音楽とナレーションが流れると、祖母もまったく同じ文言で、まったく同じ発声をおこなった。よっぽどええ。墓は好かん、こんなんがよっぽどええ。祖母の口は寸分違わず動いていたが、目はもう二度と赤い光を放ちはしなかった。それから、墓という単語を耳にしただけでも、祖母は同じ出力を繰り返すようになった。墓は好かん。墓には入らん。あの光りよるんがええ。よっぽどええ。

だから、じっさいに祖母がその光るところに入ることになったあとも、祖母のいやがらないよう、刺激してしまわないよう、わたしはその場所を墓とは考えず、ただ、祖母のところ、とだけ思うようにしていた。祖母が怒って加害者加害者とまくし立てるのがいまでもいやだ。亡くなったあとの祖母は一言も発話しなかった。簡易葬儀のあいだに見た顔も、安価なうすい棺に入ったあとも、焼かれてもどってきたときも、一言も発話をしなかった。実際に亡くなって長く経つ人がどのように考え感じるものか、わたしにはわからない。

発話機械になるまえの祖母の感情生活のあれこれについても、わたしはなにも知らなかった。わたしの祖父、祖母の元夫については、写真を見たこともない。それから祖母の育った隣町のこと、一時期住んだという神戸や長崎のことも知らなかった。きっと祖母の人間性は元来からあのように、機械のようにつるんとしたものだったわけではなく、仄暗《ほのぐら》い部分もあかるい部分もあったはずだった。

いまだってわたしの長い無沙汰について、ありあわせの言葉を何十通りにも組みかえてなじってきてもおかしくはないはずだった。けれど、わたしが十年ぶりにこの納骨堂へ、祖母のところへ来ても、祖母はなにも言わなかった。納骨堂の箱状のしつらえを縁取る紫のライトがゆるやかに強弱し、それがいま、彼女のささやかな呼吸のリズムになっている。

納骨堂のフロアにはオルゴールの曲がごく小さく繰り返し流れていた。ほんとうは始点と終点を持つ音源のはずなのに、無機質なメロディは無限に生成されているような、植物のようにひとりでに伸長しているような、とらえどころのない音列だった。建物を出て、予約していたビジネスホテルへ入ると、そこでもつづきが流れていた。

宿泊費の安いわりにベッドはやわらかで、円筒状をなす建物の内側へと向けられた客室の窓は小さく、視界の狭さがむしろ落ち着いた。チェックインは端末、素泊りなので食事はなし。ほかの客は一度だけ遠くに後ろ姿を見たきりで、ちょうどおなじ方向に廊下を歩いていたので、後を追うでもなくおなじ角を曲がると、もう姿が消えていた。オルゴールは客室でも流れていて、消し方がわからず、そのまま眠った。寝ても覚めても聞こえるので眠った気がしなかった。結局、チェックアウトするまで生身のスタッフを一度も見かけないまま、早朝にホテルを出て徒歩で駅に向かい、電車に乗りこんで腰を落ちつけたときにも、まだ頭のなかでオルゴールがつづいていた。

墓参り、という営為を、いままでにおこなった覚えが一度もない。わたしにとって祖母のところは祖母のところでしかなく、墓、と呼ぶことはできなかった。ほかに見舞うべき死者もいなかった。電車が故郷に近づくにつれて、あなたの墓も近づいている。あなたの顔は、まだ思いだせない。名前もわからない。頭に器具を装着するために短くそろえた前髪の下にどんな目鼻があったのか思い描こうとしたけれど、電車がトンネルを抜けて現実の土地があらわれると、思いだしかけていた記憶は朝の光に溶け去って、ぼんやりとした余韻だけになってしまう。

ワンマン運転車両の前方、運賃箱へ、あらかじめ数え分けていた現金を投げこむ。小銭たちは暗いところに落ちこんですぐに見えなくなる。始発駅から乗ってきたから、頭上の運賃表にある最も大きい金額と、いま自動計算された投入金額とが合致していることを確かめた。扉がひらく。車両の床面は地面よりもかなり高い。ほとんど跳ぶようにして降りる。細石《さざれいし》が散る。砂利が薄く均されただけ、それが故郷の駅のホームだった。

雑草がよく伸びている。個体は入れかわっているだろうけれど、総体としては十年前と同じような茂みばかりだ。腰ほどの高さの湿った広い葉がいくつも重なっている。べつの茂みはもっと密で、そこから一本、人の頭より高く突きだしてしなだれ、先端に細長いふさふさを付けるものがある。足もとのそこかしこに粒ほどの白い花が群れる。大きな花もある。細長い花弁が窮屈に詰めあって、全体がひとつながりの襞《ひだ》の形状をなしている。

それらがいっせいになびく。吐息のような発進音、すこし遅れて車両が軋《きし》み、車輪がなめらかな回転に移行すると、草花たちは順々に揺れ、ひとつの大きな幕となってたわむ。砂利の途切れたところで茂みは急に深くなり、線路に沿って密度を増し、トンネルの手前でほとんど木々と混ざりあって、車両がなかに吸いこまれると、吹き返しの風で逆向きに流れ、波うち、静まる。その影のひとつひとつが薄く長細いので、まだ朝といっていい時間なのがわかる。

駅には、ほかの誰も降りなかった。みんな先まで行くらしい。

わたしのほかにふたりいた。始発駅からずっと同乗してきた老年のひと、途中駅で乗ってきて、一時間近く車両の最後部に直立していた若いひと。

ふたりを乗せた電車はここから長いトンネルをくぐり、しばらく山あいを蛇行《だこう》するとまたトンネルに入り、何度も出入りを繰りかえすとやがて扇状地に至り、大きな河を渡った先で第三セクターの運営路線に直通し、駅ごとに周辺集落は小さくなって、最後には民家もない、農地もない、ただの平野、それでも地図にあらわれる自治体の区域としてはずっと先の海岸までおなじ町名で続くので、名前にも「浦」という字の付く小さな無人駅で、唐突に切れる。ふたりはその手前のどこかで、おそらく別々に降りていくだろう。

ここに住んでいたころも「浦」まで乗ったことはない。長らく駅名の字面を知っていただけで、大きくなってから、地図や写真でどんな場所なのか知った。故郷といっても案外知識として知っていることばかりで、馴染みのある気がする地名もただ字面を見慣れているだけで、それ以上の経験があるわけではない。どんな風景があるのか、地図上の区画はどうなっているのか、なにも見ずに思い描くことはむずかしい。いまわたしが立つこの駅の周辺についても、きわめて単純な理解しかない。谷底を走る線路を境に、一方は坂、一方は崖。

坂のほうは、山地でもない、盆地でもない、その中間というにしてもあまりにも間延びした、坂と呼ぶほかのない傾いた土地だった。駅名も集落の名も「坂」の字がつく。駅から一直線に延びる登り道もまた、坂と呼ばれる。傾いた土地そのままでは農地や住宅がしつらえられないので、高いほうへ掘り込んだり、低いほうへ土台を積んだりして、平らな長方形の表面をいくつも造り、そこに家屋が載る。それらが等高線に沿うように連なり、山肌にあわせてうねり、幾層にも重なるので、駅から見上げると、なにか大きな怪物が積み木遊びをしたあとのような、不安定な組成に見える。

崖のほうにはなにもない。このホームの一方からしてすでに高い崖である。剝《む》き出しの赤茶けた岩面に、流動する液体をまばらに着色したような線が複雑に浮かび、いくつかの段をなし、もつれあいながら続く。水は速い液体、地はゆっくりとした液体だ。海が波立つように陸もまた波立っていて、その周期がわたしたちの時間感覚とは大きく異なっているので、いま、崖は止まって見える。でも、あきらかに複雑な力のぶつかりあい、混ざりあいの最中であることは模様からわかる。

わたしたちの生まれるまえ、この土地には恐竜がいた。わたしは、その話をあなたとしたい。

鐘が鳴る。小学校の鐘だった。坂の中途にわたしたちの小学校があった。坂にある鐘の音がひろがって、向かいの崖にぶつかり、また坂のほうに返され、また崖へと反響し、いちど鳴った音は始点を失ってゆるやかに拡散しながら、長いことこの土地の坂と崖を往復しつづけた。ずっと止まない。聞きとれないくらい小さくなっても、このあたりの空気は微細な震動を続けていて、永遠に途切れないかのようにも思われる。

わたしは駅舎に入った。引き戸のレールがひどく歪んでいて、扉全体を上下に揺さぶりながら少しずつ横にずらしてようやく隙間をつくる。椅子が並び、嵌《は》め込み窓がひとつある、たんなる待合室だった。記憶よりもずいぶん手狭である。剥き出しの壁には時刻表と主要駅までの運賃表、それから文字の大きな白黒の時計、椅子にはだれかの手製と思しき座布団が、統一感のないさまざまな色味の、しかしすべて似たような小花柄で敷かれてある。線路と坂を行き来するにはここを通りぬける必要がある。

改札はない。中学や高校への行き帰りに何度も通って覚えているはずなのに、がらんとして薄暗かった記憶に反してやけに平べったく、あかるく見える。

ここからの道はまっすぐな登り坂ひとつしかない。坂を上っていって、小学校のそばを抜け、さらにずっと上った先、傾斜としてはむしろ緩まるが、急に木々が濃く深くなるのでそこから先は「坂」から「山」と呼称のかわる境界の、すこし手前で道路はふいに迂回《うかい》する。その迂回のあたりに砂利道があり、寺門へと至る階段がある。山林をかきわけて建てられた扁平《へんぺい》なかたちの寺だが由縁は古いとされていて、空海《くうかい》が訪れた伝説を学校で教えられ、図工の時間に空海の絵を描かされたこともあった。

寺の裏手に墓地がある。坂と山の境の木を切り、根を掘りおこし、傾斜をならし、石垣を縦横に巡らせて、斜面のごく狭い部分を平らにしたうえに墓石が載る、それがいくつも連続する。どうしようもない大木や斜面は回避しつつ、段々に造り足していったものだから、曲がりくねった、高さもまちまちな、階段状ともいえない雑然とした出っ張りや引っ込みのなかに、大小の墓石が向きもばらばらに並ぶ場所なのだった。この土地で亡くなったものだから、あなたはそのどこかにいるはずだった。

東京の自宅を出てからずっと、墓参《ぼさん》という行為のイメージが持てないままでいる。祖母のところしか知らないわたしは、剝き出しの石が並ぶ坂の墓地を遠目にしか見たことがない。山寺の裏手の墓地は、都市のビルよりもずっとつよい場所のように思われる。墓石のぶんだけ死者たちの目があり、ただ視《み》るだけでなにも言ってはこず、後ろ手に噂を広げあうばかりで、机を並べた学校の教室の、墓石の並ぶ墓地の、デスクの並ぶオフィスの、子供も大人も死者も似たようなところに寄りあつまって噂話を循環させる、そのような場所なのだと想像した。わたしは墓参のしきたりなどなにも調べてこなかった。普段着のまま花も持たず、小さな手鞄に、きのうホテルに入りぎわコンビニで買ったライターと線香があるきりだ。

あなたとはじめて会ったとき、わたしは先生と一緒だった。わたしはそのとき小学生で、先生は日曜日に家まで迎えにきた。母も、坂の人々も、先生のことは知っていたから、こころよく送りだした。わたしは先生と手を繋いで坂を下り、電車を待って、「浦」の方へ向かった。数駅進んで降り、コミュニティバスに乗りかえて郷土資料館に行き着いた。

子どもが立っていた。歩いてくるわたしと先生をまっすぐ見て、にぃ、と笑った。前歯がひとつ抜け、歯茎があらわになっている。見たことのある子だと思った。思って、先生と繋いでいた手を反射的に離した。少し歳下の、小学校に上がるか上がらないかの歳ごろの子。キイちゃん、というあだ名を耳にしたことがある気がした。あなたのことだ。

立っているのはあなたひとりだった。親兄弟らしき影も近くになく、地面の中からぬっと出てきて、まだ足首から先が埋もれているかのように、じっとまっすぐ立っていた。こんな小さな子が自分だけで電車に乗ってここまで来たのだろうか。わたしのひとつ前の電車に乗ってきたなら、一時間以上もここにひとりでいたことになる。

あなたには、歳の離れたお兄ちゃんがいたはずだった。そのころには中学に上がる歳だったかもしれない。お兄ちゃんの影も、しかし、資料館のまわりには見えなかった。先生はキイちゃんを見なかった。キイちゃんなどそこに居ないかのようにそばを通りすぎ、資料館の扉をひらいた。

あなたはひらかれた扉を先にくぐり、すぐに展示室の奥に走り込んでいった。中は暗かった。追いかけていくと、局所的なスポットライトのなかに、頭がでたかと思えば消え、影が横切ったかと思えばまた闇に隠れた。

ガラスケースには大きな鳥の人形がたくさんあった。剝製《はくせい》、ということばをわたしたちは知らなかったから、鳥の人形、とかんがえた。そうだったよね。そのうちのひとつに、あなたは張りついていた。並んで覗く。鳥とあなたを交互に見る。あなたの横顔はくるくると表情を変えていて、口がとがったり、すぼまったり、にぃ、となったりしたが、鳥はじっと止まっている。鳥の人形のなかみはどうなっているのだろう。ぬいぐるみとは違って、綿よりも硬いものが入っている感じがするし、あんがい中は空洞で、表面だけを固めてあるもので、叩けばあっさりとくしゃくしゃになってしまうのかもしれない。

あなたはどうにも落ち着かない子どもらしい。さっきまで同じケースを見ていたと思ったら、もう別のケースの前に移動している。あなたが歩くたびにばたばたと靴音が立つ。照明の落とされた展示室の中で、いつのまにか先生の姿も見えなくなっていて、わたしはあなたとあまり離れていたくなかった。あなたの散漫な動きに付きしたがって、ケースからケースへと移動した。

あなたは鳥を見ているあいだもふらふらと四肢を揺り動かしていた。部屋にあるほかの生きものたちは、すべて一様に止まっている。照明だけが、じ、という音を時折立てる。あなたは、自分が鳥やほかの生きものになったつもりで動いているのかもしれない、と気がついた。

部屋の隅から、こすれるような音が立つ。目の端だけで見ると、ふたつの人影が浮かんでいる。先生だった。先生はひとりだった。ひとりなのに、影がふたつあった。おとうさん。わたしにはどういうわけか、その言葉が浮かんだ。

違う、そうじゃない。わたしはいま記憶をまちがえている。当時のわたしは、そんなことは思っていなかった。ただ影がふたつあることで、いつもやさしい、老年にさしかかった先生のことを、ふいに奇妙でおそろしいもののように、まちがって認識してしまっただけだ。そして大人になったいま、このあとすぐに失踪することになる父の影が、父の親世代くらいの、いまもし父が生きていれば当時の先生くらいの歳恰好になっているだろうその影に、重なって思いだされているだけだ。そうだ。やっぱりわたしは記憶をまちがえている。

わたしの小さいころ、生家には父がいた。父は祖母の息子だった。わたしがあなたと出会ったしばらくあとに、家族を登山につれていき、それから消えてしまったのだった。でもこのときのわたしには、父がもうすぐいなくなることなど予知しえないはずで、それでも、あとから知ったことをまったくなしにして、当時ほんとうにあったことだけをかき分けて思いだすことはむずかしい。わたしはいままで、父の存在自体をまるごと避けて想起していた。わたしにはほんとうは父がいた。

そうだった。先生はその日、家にわたしを迎えにきてから、一緒に坂を下りて、電車やバスに乗って資料館にくるまでのあいだ、わたしと繋いでいないほうの手に、袋を提げていたのだ。仕事にいかなくなった父が庭で育てたきゅうりの入った袋。深い緑の皮は一度で剝ききれないほど厚いのに、全体は細く、つたのようにねじれていて、いちびったきゅうり、と祖母が言ったので、わたしもそう思うことになったものだった。こないにまで、と祖母は言った。いちびったんを人様にやったらいかん。祖母は言った。父には祖母の声が聞こえていなかった。だから、わたしが先生と家を出たあとで、父はわざわざ坂を駆け下り、崖と坂との両方に響くような大声でわたしの名前を呼んで、わたしといっしょに振り向いた先生にきゅうりの袋を渡し、深々と礼をし、うちの子をおねがいします、と何度か念押しのように言って、息を切らし、がに股になりながら坂を上っていったのだ。うちの子、というのがきゅうりを指しているみたいで、おかしかった。

資料館にいる当時のわたしには、そんなことはどうでもよかった。先生のふたつの影がこわいので、なるべく鳥のほうを見ていようと努力していた。でも、鳥の人形のくちばしや羽に目を注ごうとすればするほど、視界の隅に先生の、おとうさんの、ふたりぶんの輪郭が入ってくるような気がした。鳥の眼球をみる。わたしはいま鳥の眼に魅入られているのだ、と思いこむように、視線を注ぎつづける。左手首を摑まれる。

あなたの手は小さかった。小さいものに握られたときの、むしろ力は弱いのに、弱いことでかえって締め付けられるような感覚があった。あなたは、外で見たときの印象よりもさらにひとまわり小さく思えた。

　ほね。

　あなたは口の形だけで言った。ほ、ね。反対の手がどこかを指している。あなたのすべての指がすべすべと白く発光する。わたしは引かれるがままに歩いた。

　骨格だった。本物ではない。当時のあなたの体格よりも、ひとまわり小さいミニチュアだった。カイギュウの骨格模型であることが、ケースに貼られた説明書きで示されている。骨のアーチがいくつも連続し、丸みのある胴体をかたちづくって、そのうちの何本かが赤く着色されている。となりのケースには、赤く示された部分にあたるらしい、本物の骨が展示されていた。雨のあとに川原に流れつく木の枝のような、欠けや割れのひどい、くすんだ物体だった。

　模型と本物の大きさを比較するに、ほんとうはとても巨大なカイギュウのようだ。その、偽物の骨格のほうを、あなたはガラスケースに入り込んでしまいそうなほど前のめりで見はじめた。あなたの頭がかぶってうまく中が見えなくなったので、わたしはあなたの頭部の丸みを目線でなぞった。ふいに、意識がぼうっとしびれるような感じがした。あなたの声が入ってくる。ケースに貼られたカタカナ表記を指で追って、まだ小さいあなたは言った。

きょう、りゅう。

つぎの日から、あなたとは先生の教室で会うようになった。きっと、それまでも会っていたのだと思う。けれど、ほかの子供たちと交ざりあった存在でしかなかったのが、その日から明確にあなただとわかるようになった。小学校の放課後、正門で散りにそれぞれの家や遊び場に向かう子供たちのうち、わたしたちは坂を上って教室に向かったものだった。先生は、学校の先生ではなくて、そろばんを教える先生だった。わたしたちが通うよりもずっと前に、教えることをやめてしまっていた。

夕方になると、かつては教室として使われていた自宅の一角を、子供たちの遊び場として開放しているのだった。放課後、ランドセルを背負って坂を上り、家へ向かう分岐を無視し、べつのところで折れて、用水路に沿って大きな畑をまわりこむように敷かれた小径《こみち》をひたすらたどった。雨の日は傘ひとつで道幅がいっぱいになる。ときどき、傘の端が木に擦れる。足元は舗装されてはいなかったが、よっぽどの雨でなければ、足に絡みつくようにぬかるんだりはしなかった。その奥に教室はあった。

珠算教室、と縦書きの木板が掛かっている。外垣はこのあたりの民家のものと変わりないが、敷地が広く、年季が入った家である。草木がぼうっと茂っている。入口の引き戸を引くと、上がり框《かまち》から先もマット敷きになっており、靴のまま上がってよい。

ずいぶん旧《ふる》い型だと思われる学校机が、学校の教室よりはかなり手狭な部屋に並ぶ。電気は消され、埃っぽく暗い。昔は、でもどれくらい昔のことだろう、ここでたしかにそろばんが教えられていたはずだった。そのことを思うとなぜかちょっと怖い気持ちになったから、わたしたちはなるべく早足で机のあいだを縫って、教室の横の扉から隣の部屋にいったものだった。

あかるい、なにもない空間だった。おなじくマット敷きの、おなじくさほど広くない、しかし机がなく天井が高いので、こちらのほうがずっと広く感じられる部屋だった。奥には壁がなく、数本の柱があるほかは、庭にひらけていた。冬と雨のひどい日以外はたいてい野晒《のざら》しになっていて、そのまま庭に降りられる。先にきていた年少の子たちが庭から部屋、また庭へと、行ったり来たり走りまわる。部屋の隅で頭を寄せあい、なにか話しあっている二、三人もある。剝き出しの丸い木柱はわずかにたわみ、削れ、表面にはなにか黒い汁がにじんで凝固したような年相が出ている。天気がくずれると取り付け式の雨戸をはめる。みんなで手伝う。こちらのあかるい部屋のほうがいまは教室と呼ばれていて、さっきの暗い部屋は何とも呼ばれていなかった。

ここにくる子たちは、よく消えた。まだ小学校に上がるまえの歳ごろの子、毎年夏休みのあいだだけいる子、わたしと同じ歳ごろなのに小学校で見かけたことはなく、でも季節にかかわらず断続的に見かける子、みんなしばらくすると来なくなり、忘れたころにふと姿をあらわした。名前など最初からおぼえていないから、声や顔でかろうじてつなぎとめていた記憶はすぐに薄れ、消える。あそこにいた子たちのことを、いたはずの人数よりもずっと少なくしか思いだせない。

それでよかった。目を見て話せば、いまあなたに向かって話しているということがわかる。それだけで一緒に遊ぶことができる。全員がおたがいの影のようでもある。手を振ればむこうも振るし、走ればそのとおりの足の動きをむこうもおこない、ついてくる。あだ名のある子はめずらしかった。キイちゃん、と誰かがあなたを呼んだことがある気がしたので、わたしもそうした。そうだったよね。

先生はいつも教室の隅に椅子を置いて座っていた。椅子は空《から》のこともあった。歳をとっているから座っていられないときがあるのだと自分で言っていた。いるときでも、わたしたちのことを見ている時間は短く、たいていはめがねをかけて熱心に本や新聞を読んでいた。

教室の裏手から川原へ上がる道があった。木がまばらで見通しのよい、長年踏み固められて、でこぼこのない砂道だった。砂は、歩くと粉っぽく靴にまとわりついた。先生の足はゆっくりではなかったが、決して速くもなく、駆けまわり飛びはねるわたしたちにとってはあまりにも静かで、止まりながら歩いているかのようで、動いているのに止まっているかのようで、そのまわりを囲み、跳びはねながらぐるぐると回り、服につく葉や土もお構いなしに、互いに声をかけあいながらわたしたちは進んだものだった。

砂ばかりの道に砂利が混ざり、石ばかりになり、足をつくと色さまざまな丸い石同士の擦れる音が立ち、踏み出すたびに石のかたちで足の裏が微妙に高低する。ごく幼い子はしばしばバランスを崩しながら、もうすこし大きい子がその手を取ってやりながら、わたしたちはやがて水面に辿りつく。

いくつもある支流のうち、ごく小さいものだった。上流にむかってさらに歩くと、激しくうねる本流にゆき至るのだと、いちばん背のおおきい子が自慢気に言った。父親の釣りについていき、見たことがあるらしい。教室の子たちだけでそちらに行くのは先生が禁じたので、わたしたちは幅の狭い、足首ほどの深さの穏やかな流れで遊んだ。

平たい石をみつけてポケットに入れ、流れを横切るように投げてもひと跳ねで対岸に達してしまうから、手持ちを集めるだけ集め、川に足首を浸けて並び、上流に向かって投げた。みんな、最後のひとりが投げおわるまで待ってから岸に戻り、またいっせいに石を探し、ばらばらに戻りはしても、全員が川のなかに揃うまでは次の一投目を始めない。先生は川岸のかなり遠いところに立っていて、わたしたちを見るでもなく見ていた。杖をついている日もあったし、ついていない日もあった。

秋口の晴れつづきで降水がなく、川底がほとんど干上がり、ところどころ水溜りが残るばかりの時期でも、練習と称して上流に石を放った。投げられた石が剝き出しの川底を打つ、距離から想定されるよりも一瞬遅く音が返る。岸で指遊びをする子もいる。ただ走りまわって追いかけあうだけが遊びになっている子たちもいる。

あなたは違った。どの遊びにも加わらなかった。そうだったよね。川の水があってもなくても、みんなの動きとは関係なしに、ひたすらに川原の石を取りのぞき、陽が傾いて帰る時間になっても一心に下を向いて地面を掘り返していた。そうだったよね。

あなたは恐竜を探しにきていた。

わたしたちの生まれるまえ、このあたりには恐竜がいた。あなたはそう信じていた。かたく信じていた。でも、ほかの子たちはそんなことを知りもしなかったし、気にしてもいなかった。むかし恐竜が歩いていた地面を、恐竜たちとおなじように踏み、跳びはね、遊ぶばかりだった。あなただけが、かつて先生に連れられておなじ川で遊んでいた数十年前の子供が見つけ、あの資料館に展示されることになるはずだった恐竜の化石を、探していた。

わたしはすでに文字が読めたから、あの骨がカイギュウであることを知っていた。このあたりの川原でみつかったのはほんとうだし、子供がみつけたというのも事実だった。でも、恐竜のことなど一言も書いてはいなかった。発見場所が、先生にいつも連れていってもらうあの川原であったというのも、あなただけの、根拠のない一説に過ぎなかった。わたしは考えた。いつか教えてあげよう、教えてあげなければいけない。でもまだ、いまではないかもしれない。もう少し大きくなるまでは、子供らしい空想に浸らせてあげるのがきっと正しいことなのかもしれない。わたしだって子供なのに、真剣にそう考えて、あなたの空想をすっかり保護した気でいた。

キイちゃん、わたしは、けっきょく教えそびれてしまったね。もしかしたらこれが今日、あなたの墓に向かっている理由なのかもしれない。あなたはいまもまだ、あの川原で土を掘りかえして、骨を探しつづけているんじゃないかと、なぜだかそんな気がするんだよ。わたしはあなたに教えてあげたい。もう掘らなくていいよ。恐竜はいなかったんだよ。そう言ってあげたい。あなたは両足をひらいてしっかりと地面につき、前傾姿勢になって地面を擦り、掻きむしり、掘り返して骨を探している。その両腕の垂れ下がった姿がいま、朝の鈍い陽光を横から浴び、うすく伸びた影のかたちが本体の数十倍の、ほんものの恐竜くらいの大きさに伸びている、そんな気がする。

でも、とキイちゃんは言った。

郷土資料館で会うまえからおれはおまえのことを知っていた。おまえがはじめて先生のところにくる前にすでに、おれはおまえの顔をはっきりと覚えていた。忘れもしない。おれもおまえも同じ小学校にいて、おれはそのとき一年生で、おまえはいくつか学年が上だった。おれは小学校に上がってもカタカナが読めなかったが、字の苦手なぶん、あのときの光景を映像としてはっきりと記憶に焼きつけることになった。おれが入学した春、おまえのせいでおまえの同級生が救急車で運ばれることになった。教室からいちばん遠いトイレの、用を済ませてすぐ外にある蛇口のところで、おまえの同級生は手を洗おうとしているところだった。

その子は、という言いかたは本当はおかしくて、おれにとっては当時から先輩だったし、いまも生きているならおれよりもはるかに歳上の大人になっているはずだけれど、その日以来その子の姿を学校で見かけなかったし、そのあとでおれの時間は永遠に止まりつづけることになったから、いまでは当時のその子のほうがいまのおれよりずっと歳下のような感じがしていて、とにかくそのおまえの同級生はトイレから廊下に出て、横断したその先に蛇口があるので当然まっすぐそちらに向かっていって、手洗い場越しに、窓の外にある中庭を見下ろしていた。

休み時間も半ばだったからほかの誰も廊下にいなくて、その子は中庭にいる友達を見つけて手を振ったけれど、向こうは気づかずに大縄跳びをやっていた。それで手をすぐに降ろして、ただ目で追いながら蛇口をひねり、水を出したところに、教室から飛びだしたおまえが走ってきた。がらんと誰もいない廊下を全速力で駆ける、その視界の隅におまえはその子の後頭部があるのを見つけた。邪魔だ。怒りに駆られる、というよりもさらに単純な、動物が獲物を追うというよりももっと低劣な、ただそこに障害物が、生きている同級生の、綺麗に編まれた三つ編みの後頭部があるのではなくて、たんにそこに障害物があるのだとおもったおまえは、そこまで走ってきた勢いすべてを腕に込めてその子の後頭部を突いた。そのことをおれたち下級生はあとになって口づてに聞くことになった。

それで、おれがじっさいに目にしたのは教師三人がかりで羽交い締めにされたおまえが引きずられていく姿で、そのときのおまえの人のものではないかのような絶叫をおれは聞いた。頭を突かれたその子は蛇口のとがったところに顔面をまともにぶつけて大量に出血し、救急車で運ばれ、十数針縫う傷になったということも、おれたち下級生はあとから聞かされた。おれがじっさいに見たのはその子を運びこんだ救急車の扉が閉まり、学校を出て急速に坂を上っていくようすだけだった。おまえのほうは大人の力にむりやり押し込められ、泣き叫びながらどこかへ連れられていったが、どこにいったのか、そこで何があったのかはおれたちには知らされなかった。それが、おれがおまえをみた最初のときだった。おまえがいまも眠りに落ちるまえに撫でるくせがある顎の傷痕の記憶は、おまえがその子に与えたもので、おまえが受けたものではない。おまえは記憶をまちがえている。ずっとまちがえつづけてきたんだ。

そう。わたしは言った。

でも、そんなことは起こらなかった。わたしはもうほとんど覚えていないけれど、そんなことは起こらなかったんだよ。きっと、たまたま廊下を走っていたわたしの手が偶然にぶつかってしまっただけなんだと思うし、わたしはその子の後頭部を突こうなんて思ってはいなかった。そんなことはわたしにとってはいわれのないことで、たしかに狭い廊下を走ってしまったこと、一度や二度はあったかもしれないにしても、教室と廊下と蛇口の位置関係からして、あの狭くて古い校舎の建てつけからして、子供の世界にはよくある怪我、ただ、すこし打ち所がわるかっただけの事故だったんじゃないかな。それに、もうむかしの、小さいころのことだから、ぶつかってきたのがその子で、ぶつかられたのがわたしだったとしてもおかしくないんじゃないか、とも思うよ。わたしの顎には傷があって、とても痛かったことだけはいまでもよく思い出せる。

違う、とキイちゃんは言った。そうじゃない。おまえの身体は後頭部を押したときの、髪越しに伝わる頭皮のなまあたたかさや、編まれた髪のでこぼこや、おまえのてのひらがまっすぐに頭を押さずに、すこし上方に、あの子の頭のカーブに沿って力が逃げてしまったことまで、ほんとうはちゃんと覚えているはずだ。おれにはそれがわかる、おまえがそうしたいと思って、実際にそうしたということまで、いまのおれにはちゃんとわかる、とキイちゃんは言った。

でもわたしはもうその子の顔も名前も思い出せない。小学校の同級生のほとんどには、顔や名前がなかった。わたしの記憶から消えて久しく、おそらく現実のこの土地からもほとんどは去ってしまっているはずだった。かろうじて思いだせるのは、休み時間や授業中に校舎のなかにあったすべての体がひとつに混濁したような、子供の集合体独特のざわめきと匂いの塊のような印象だけだった。

おれはぜんぶ知っている、とキイちゃんは言った。あの救急車の辿った道がいま、おれの上を通っている。だからわかる、とキイちゃんは言った。

そうだね。わたしは言った。たしかにあのとき、もしほんとうにそんなことがあったとすれば、その子を乗せた救急車は坂のおわりまで上りきり、そのさらに先へ向かったはずだった。坂は、むかしは寺のところで行き止まりになっていた。寺より先は死者の区域、そのさらに先は、生死を問わず人の棲《す》まない、ただの山林が広がるばかり。それが、わたしたちの小さいころ、延伸して県道へ直通することになった。そうだったよね。あたらしい舗装路は、寺を大きく迂回し、蛇行をつづけて山を這いのぼる。墓の上にしつらえられた高架に出て、そこから幹線道路に合流することになる。

そういうわけで、墓地はいま、山あいをわたる陸橋の橋脚に一部分を明けわたし、いくつかの墓石は昼でも影に隠れることになっている。あの道はいかん。あそこはむかしは行き止まりで、ばあちゃんらの時分は首吊りのもんくらいしかあの先へは行かんかった、上っていくのを誰かは見とって、来るのはたいがいよその人やけ、誰も止めんで、あとになって、坊さん首吊り、坊さん首吊り言うて、呼ばれた坊さんが森に入って、死んだのを木から降ろした。やけ、あの道はいかん。あの道を、車に乗って通りがかるたび、祖母はそのような出力を繰り返したものだった。

おまえが小さいころ、とキイちゃんは言った。あの道ができたころ、家には祖母と母親とおまえと、それからおまえの父親の四人がいたはずだ。おまえの父親はずっとあの家に住んでいた。あの家の玄関に蜂の巣が吊るされ、おまえの祖母がおまえの父親を抱いて移り住んだときから、腹におまえを宿したおまえの母親が越してくるまでの長いあいだ、家はおまえの祖母とその息子であるおまえの父親のふたりきりのものだった。おれはぜんぶ知っている。もともとおまえの父親と祖母が寝ていたところにおまえと母親があらわれたので、父親と祖母がそれまで通りに仏間のほうで、おまえと母親が食卓を片付けたところに布団を敷いて眠ることになった。

そう。そのとおりだね。わたしは言った。それで、父がよくわたしを車に乗せた。

朝にわたしが起きると、父が声をかけてくる。ちらを見ていなかった。父の目は誰と話すときも合わなかった。子供のわたしと正面から向かいあっていても、目はひどく伏せられて、わたしの腹のあたりを見つめていた。まったくわたしから外れた方向を見ているときも、むしろ多かった。目がなにもない空間を向いていても、声がわたしに向けられていることはわかった。父はいつもそのように話した。ほんとうにわたしに向けて話しているときと、わたしへの発話のふりをしながら間接的に母になにかを伝えようとしているときの区別もできた。祖母にはなにも言わなかった。

わたしが支度をして車に乗ると、祖母ものっそりと乗ってくる。三つの体を乗せた車が山道をゆく。車は、もし新道を利用しないとすれば、いったん坂を降りて、小学校のちかくのところで横道に入り、大きなカーブをいくつもなぞって二十分ほどでようやく旧い県道に出ることになるはずだった。

でも、とキイちゃんは言った。おまえの父は車を、その旧道のほうではなく、墓の上空を横切ることになる新道に向かって穏やかに、しかし躊躇《ちゅうちょ》なく走らせた。寺の手前でおまえの祖母はどこに向かっているか気づき、あの道はいかん、あの道は首吊りや、と言った。それから祖母はおまえの父親の子供のころの些細な失敗をなじり、具体的なエピソードがなくなると、あんたはこんな風になるはずやなかった、せっかく育てたのに無駄やった、あたしは階段から落ちてあんたを流産しようとしたことがある、それに失敗したのがいけなかった、といつもの発話をとめどなく続けたものだった。おまえの父親は静かに運転をつづけた。声は聞こえていないかのようだった。つんと尖った耳を持ち、音を受け容《い》れ言語を解するのに、実母の声だけは耳のなかに入るまえに雲散してしまうかのようで、眉根ひとつ動かさず、ただそこでじっとハンドルを握り、前を見つめて、なにも聞いてはいなかった。

そうだね。わたしは言った。それでいてふと、見えないなにかに憑《つ》かれたかのように、わたしに向けて一方的に話しはじめることがあった。大学教授いうのはな、父さんの友達の友達に大学にいっとった人がおってな、ある日教室に入ってきたと思ったらいきなりドイツ語で授業を始めたりする言うとった、頭のええ人の考えることはわからん。相槌《あいづち》も返答も待たないまま話しおわると、また長い静寂のなかへと帰還していく。たまにかかってくる仕事関係らしい電話では愛想よく朗々とやりとりをおこなっていた。他人に心をひらくことがないもの独特の、うわべだけの愛想のよさだった。電話を切って口を閉じるとまた自分ひとりの沈黙のなかに閉じこもった。電話するとき、かならず目を閉じるくせがあった。

ひとつ思いだせば仔細《しさい》な特徴はいくつも浮かんでくるけれど、父について覚えているのは結局、父が父ひとりの法則のみに従っていたということで、ときには数日押し黙っていて、誰がどんな干渉をおこなっても発話の口をこじ開けることは不可能だったし、かと思うとドライブに誘ってとめどなく話しつづけることもあって、父は最後までわからなかった。若いころの母にとって、わからないところがよかったのだろうかと思うと、いまの母の夫がどんな人かわたしはまったく知らないし、母のこともわからなくなってくる。

あの朝も父のほうから声をかけてきた。わたしが支度をしているあいだ、先に出ている、と言って車の鍵や家の鍵の雑多にかかったリングを腰元で鳴らしながら玄関扉をくぐった父は、いつもなら車のエンジンの音を立て、わたしがどれだけもたついていようとも絶対に催促に戻ってくることはなく、運転席でハンドルをしっかり握り、すでに運転中であるかのように前を見たまま、ちょっと首を低くして待っているはずだったのだけれど、その日に限ってわたしが歯をみがいているあいだにも、服を選んでいるあいだにも、いつまで経っても外からのエンジンの音が聞こえてくることはなく、わたしがようやく服を着替え、ハンカチを持ち、靴をはいて玄関を出て朝の光を浴びたとき、車はじっと冷たいままで、中には誰も乗ってはおらず、父はそれきり消滅してしまった。

それで、とキイちゃんは言った。おまえの父親はあの山道のところで首を吊ったのだと、どういうわけかおまえは思いこんだ。母親や警察のひとにも何度もそう伝えたけれど、大人たちはおまえなどそこにいないかのように振る舞った。玄関で慇懃《いんぎん》に応対する母親や、その背中越しに見える制服姿の大人たちのだれにも、おまえの言葉は聞こえていないかのようだった。祖母は警察の制服を見ると黙って隅に座っていた。なんでも言ってのけるはずの祖母がいつになくしおらしいのでおまえは苛立った。じっさい、おまえの言葉にはなんの根拠もなかった。車に同乗する祖母の首吊り首吊りという悲鳴からの連想にすぎなかったし、けれどもおまえは一度そう思いこんでしまうと別のことを考えられなくなって、無視されればされるほど何度も繰り返し叫びたくなり、実際にそうして、おまえの発話はもはや盲信とも呼べない、情動ですらない、たんなる行動パターンの反復になっていった。

おまえの声も父親の存在といっしょに消滅してしまったかのようだった。失踪にただ動揺しているのだと思いこまれ、優しい警官のひとりが的外れな慰めの言葉をいくつかかけてきたが、違う、そうではなくて聞いてほしいのだ、事実をわかってほしいのだと伝えても、警官はおまえの母親のほうに向きなおるだけだった。絶対に正しい事実を教えてあげなければいけないと思いながら、おまえは同時にこうも思った。自分に口が、言葉があると思っているのは自分だけなのかもしれない、喉や舌や唇が湿り気のある微細な運動をうねうねと行なっている、それさえも嘘で、思い込みで、口をおおきくひらいたつもりでいるけれど、もし鏡の前にいま立てば口腔や声帯の存在しない、人間ですらない自分の顔面があらわれて、つるんとしてなんの凸凹《でこぼこ》もないその表皮が声を出したと思っているときだけわずかに波打つように動いているにすぎないのかもしれない、と、そのようにおまえは思った。おまえは怖かった。いつもは発話をやめない祖母がその日に限って黙っているのもいやだった。おまえは玄関にあった花瓶を、大人たちの前で思いきり床に叩きつけた。

それで結局、おまえの父親については何日経っても痕跡ひとつ、証言ひとつ出てこなかった。財布も車もそのまま残されていた。車は母親が廃車にし、数年経って祖母が家を去った。失踪して何年か経つと、法律上は死んだことになる、とおまえはどこかで知った。生きものというのはそのように、あとかたもなく死んでしまえるものなのだとおまえは思った。

そうだね。わたしは言った。それで、父の墓は結局つくられなかった。あの人は逃げた、と母は言った。でもなにから逃げたと母が言いたかったのか、わたしにはわからない。

父はやっぱり、坂を下って、電車に乗ったのだろうか。このあたりでは誰でも家を出たら坂を上るか下るかしかないし、上って県道へ徒歩で出たならば、後ろ姿が目撃されていてもおかしくはないはずだった。下ったなら駅に突きあたって「浦」へ出るか街へ出るかだが、「浦」の駅まで辿りついたあと、徒歩でどこかに消えてしまったならば、運転士が姿を記憶していてもおかしくはないはずだ。あの駅には家もなくて、先へいく別の交通機関もないし、迎えの自家用車も来ておらず、駅の写真だけ撮ってすぐ折り返しに乗りこむわけでもなく、ただ降りる、ということは相当に不自然なことのはずだった。けれども、街のほうへ乗ったとしても、街のカメラに姿が残っていないというのは、いったいどういうことだったのか。もしほかに方角があるとしたら、もうあの崖しか残っていない。

それで、とキイちゃんは言った。おまえは小学校を卒業すると崖のまえにやってきた。そのころにはもう、おれはいなかった。

おまえは崖を背にしてホームに立ち、朝の線路を見つめていた。気分は沈んではいなかった。むしろ浮かれてさえいた。ついに電車に乗って中学校に行くのだ、とおまえはそればかり考えていた。おまえは前日から眠れていなかった。楽しみで仕方なかった。これからは電車に乗れる。毎日電車に乗れるのだ。

そうだったね、とわたしは言った。初日はトンネルから電車が出てくるのを今か今かと待っていた。永遠のように長い待ち時間がすぐに日常にかわり、退屈な余白になり果てて、ようやく来た電車に乗ると、それぞれの駅で見知った顔が乗車する。大人はみんな車を使うから、朝の電車は子供ばかりで、車両のなかは小さなもうひとつの学校の、もうひとつのホームルームのようで、いつも水っぽい空気が充満していて、夏になるといろいろな制汗剤の香りが混ざり、冬には重いコートのこすれあう音がしたものだった。みんな学年が上がるごとに言葉を交わさなくなり、参考書を読むでもなくひらいたり、すでに読んだ漫画のページをめくりなおしたりした。わたしは県庁のちかくの高校に上がったから、おなじ電車で、もっと街のほうまで、誰よりも遠くまで乗ることになった。

でも、とキイちゃんは言った。そのころにはもう、おれはいなかった。いるはずだったのに、いなかった。

大人のわたしは時計を見た。坂を上るまえに休んでおこうと待合室に腰を下ろしてから、いつのまにか長い時間が経っていた。街へ戻る電車が来るのはまだ当分先だった。椅子から立ちあがろうとすると、その動作で座布団がずれ、わたしは座っている状態と立っている状態のちょうど中間くらいの姿勢で動作を止め、左の膝裏と、座面のへりとで挟みこむように座布団の落下を防いだ。そのまま手で端をつかんで体を起こし、座面に敷きなおす。

駅舎を出る。駅前はロータリーになっている。坂を下って谷底の駅についた車が、ぐるりと一周してもういちど上れるかっこうになっている。道路の内側はぽっかりと丸くひらいており、もとは芝生だったはずだがホームのほうの雑草が種を飛ばして定着したものか、さまざまな草が伸びっぱなしになっている。

ここにも恐竜がいるはずだった、とキイちゃんは言った。

そうだったね。わたしは言った。ここには像が建つはずだった。化石発見の記念のはずだった。化石が発見されたずいぶんあと、わたしたちが小学校にいるうちに、自治体の合併があり、町おこしの波が立って、ここでみつかった古生物の像を建てる計画が上がった。極端にデフォルメされたデザインも公表され、坂の県道への延伸とともにできた駅前のロータリーには像のために空間があけられた。結局、県道につながる道路整備の大幅な予算超過でいまに至るまで像は建たず、草が茂るばかりに放置されている。ロータリーに車はなかった。まっすぐ続く坂の道の上のほうにも車の影は見えなかった。わたしは坂を上りはじめた。

小学校の放課後、同級生の幾人かは探検と称して、いま大人のわたしが上っている坂を逆方向に、駅にむかって駆け下りていったものだった。記憶のなかの子供たちとすれ違う。

子供たちは校門を飛びだすと、坂を全速力で駆け下り、駅舎の引き戸をひらいて通り抜け、その時間に電車は来ないとわかっていたから、足を高く上げて線路を跨《また》ぎ、むこうに渡りきって崖にぴったり両手をつけたものだった。それが、校門で開始された競走の終点になる。最後のものが鬼、ひとりだけ崖に手をついたまま目を閉じ、のこりは草や岩や建物の陰に隠れる。鬼が顔をあげる。最初のひとりがみつかる。交代する。くりかえす。ひととおりのかくれんぼに飽きると、崖を素手でどこまで登れるか試しはじめてすぐにあきらめたり、ポケットから玩具や菓子を出しあったりしたものだった。わたしたちはそこにはいなかった。

ランドセルを砂利だらけのホームに投げ置き、棒きれだけ持って徒歩でトンネルを探検しようとするものもいた。トンネルを抜けると、すぐ眼の前に海岸が見えるのだ、と翌日には学校じゅうに知れわたっていて、その場にいなかった子たち全員が、トンネルのむこうは海なのだと信じることになった。本当はそうではなかった。わたしはずいぶんあとに地図を見て、トンネルのむこうには、じっさいには斜面や崖が続くばかりで、線路がそのあいまを蛇行し、トンネル自体もとても長く、山あいのすこしの切れ目のあとでまた次のトンネルが始まり、連続することを知った。それらすべてを繋げると十キロメートルでは足りないほどで、子供が遊びで踏破できる距離では到底ないこともわかった。もしすべてのトンネルや橋を歩ききり、扇状地に出て、第三セクターの短い路線を完走し、線路の終点、「浦」の駅まで辿りついたとしても、海まではまだずっと陸地を歩きつづけなければならないはずだった。

探検にいった子供たちは、きっと実際はほんの入口の、まだ背中に外光が当たるくらいの浅さのところで、トンネルの湿った感じ、眼前の果てのない闇、奥のほうから反響してくる得体の知れない音、なにものかに見られているのではないかというふいの不安を抱き、誰からともなく入ってきたほうを不安気に振り向き、やがて全体が進行をやめ、体もいつのまにか入口をむいて、とはいえ一目散にではなく、ほかのものに恰好がつくように、先頭にはならないようにせめぎあいながらも、徐々に速度を上げはじめ、最後には全速力で引き返してきたのかもしれなかったし、あるいは入口から暗がりを覗いただけで、不思議につめたい空気が内側にむかって吸いこまれていく、ただそれだけのことに怖気《おじけ》づいて、実際には誰も一歩もトンネルへ足を踏み入れてさえおらず、入口で立ちどまり、ひと呼吸おいてから、誰からともなく無言でその場を去ったということなのかもしれない。

それでも誰かが、トンネルのむこうに海を見た、と言った。そうだったよね。

言ったのは、あるいは探検を試みた子でさえなくて、探検したと聞いただけの子が余談を付け加え、べつの子がさらに話を足して、いつしか長く大胆なものになったのかもしれなかった。この小さい学校の、ほかの誰かがトンネルのなかで体験したこと、として語りはじめれば、どんな話でも続けることができるものだった。

それで、トンネルの奥には人骨が隠されているという話が出回った。トンネルを進み、もう背中に外の光が当たらなくなるくらい奥深くに入っていくと、電車からは見つけることのできない横穴がじつはあって、無人駅のはずのあの駅に、夜になると人喰い妖怪駅長があらわれて、食ったあとの骨をトンネルのその穴に運んで捨てている、だから放課後にはトンネルに近づいてはならない、という話になった。けれどもその話がつぎの冒険の種になり、また駅に遊びにいき、トンネルの探索を試みる子たちがふたたびあらわれるまでには、長くはかからなかったはずだった。

似たような話はいくつもあった。学校の二階の男子トイレの三番目の個室から遊びに誘う声がしても、応じてはいけない。四時四四分に職員室の近くの大きな鏡を覗いてはならない。夕方の廊下で、後ろからカチカチという音がしても絶対に振り向いてはいけない。

それから、よその学校では誰もいない音楽室でひとりでにピアノが鳴り、音楽家の肖像画が生気をもってうごめくという噂もあったが、わたしたちの学校に音楽室はなく、音楽の授業のときは体育館に移動してステージのうえに置かれたピアノを使ったから、わたしたちにはうまく想像ができず、音楽室というのはどうやら怖いところらしい、という雑駁《ざっぱく》とした刷り込みだけが残ることになった。

崖のむこうの話もあった、とキイちゃんは言った。

線路のむこうで幾層も色を違えて重なりうねる崖、形状は軟性でありつつも人の力ではびくともしないあの絶壁に、秘密の入口があり、すり抜けて奥へ行くことができる。そこにはもうひとつの集落、おれたちの住む坂をそっくり写した裏の土地がある。

小学校もある。表と裏の学校の鐘が同時に鳴って増幅しあうので、学校の鐘はいちど鳴るといつまでも止まらないように聞こえる。げんに小学校の教室にいても注意深く耳をすませば、自分たちの頭上からとは別に、崖のほうからも音が聞こえてくるのがわかるはずだ。

崖のむこうのものたちは、おれたちひとりひとりと同じ顔かたちをしている、とキイちゃんは言った。決して交わってはならない。自分そっくりのその姿を目にしてしまったら、存在が入れかわって、崖のむこうへ搦《から》めとられ、こちら側には姿はそっくりそのままの、でもどことなくのっぺりとした感じのまったくの別人が、こちら側の家族といっしょに暮らすことになる。入れかわったかどうか周囲にはわからない。クラスの子がいつ崖のものになっていたとしてもおかしくはない。

そう、そうだったね、とわたしは言った。クラスのなかの誰かを崖からきたものとみなす、単純で無邪気な悪意の作り話もあった。対象は頻繁にかわった。そうだったよね。交わされたのは宛先のない伝言の群れ、もっと秘密めいた、細く低い声でおぼろげに少しずつ伝播された挿話の断片であって、幾重にも伝聞された証言や、誰かがひとつまみ混ぜこんだ嘘、なにかの本で読んだ挿話、あらゆるものが渾然《こんぜん》となり、無差別に交換され、土地の虚構がおぼろげに立ちあがる。あんなに小さな学校だというのに、噂を最初につくるのが何年生のだれなのか、それがどこからどのようにまわってくるのか、飽きられ話されなくなった存在たちはどこへ行くのか、だれひとりとして知らなかった。わたしたちはたんに物語を伝達するちいさな節点のひとつひとつとして、関係性の網を伸び縮みさせていたにすぎなかった。

崖のむこうには恐竜がまだ生きのこっている、という話を混ぜようとしたのは、キイちゃん、あなたしかいないよね。

誰も信じなかった。聞く耳さえ持たれなかった。まるでキイちゃんなど最初から存在しなかったかのように、どこにも話は伝わらなかった。

わたしたちは結局のところ、崖の表面をなぞるようにたわむれながら口先を動かしていただけのことだった。実際にはだれも崖のむこうに行ったことはなかったし、崖から来たものもいないはずだった。どこまでも同質な集落のなかの、それでもどこかには外のもの、異質なもの、崖のものが混ざっていて、それを特定し、しるしをつけておかなければいけないのだった。わたしは崖のむこうのものだとされた。失踪したわたしの父を崖のあたりで見た、と言うものもいた。

違うよ、とキイちゃんは言った。そんなはずはない。大人が崖のむこうにいきたいだなんて思うはずがない。学校の教師たちだって、川原につれていってくれるあの先生だって、おれたちが崖の話を始めて、誰が崖からきたのかを当てはじめると、とつぜん怖い顔になって話をやめさせたものだった。大人は崖を嫌っている。おれたちが駅のほうへ、崖のほうへ遊びにいくことだって、危ないと言って禁止する。だから、大人がじぶんで崖のむこうに行こうとするなどありえないんだ。まさかおまえの父親がいつまでも子供のまま止まっていて、自分の子供が小学校に上がる歳になってもまだ子供のままだったなどということはないはずで、大人というのはそういうものじゃないし、おまえの父親が崖の話をおまえにしたことだって、きっと一度もなかったはずだ。

キイちゃん。わたしは思った。キイちゃんはほんとうに子供のまま死んでしまったんだね。大人にならないまま、大人というのはどういうものか、つまり、むかしわたしも同じような想像をしていたとおりに、子供という殻が破られて、すべてがすっかり変質し、ほとんどべつのものになることで大人になるのではなくて、子供時代というのは、琥珀《こはく》のなかに閉じこめられた昆虫のように、ずっとそのままのかたちでそこにあって、その外側をべつのものが包んでいるだけなんだと、キイちゃん、あなたはそういうことを知らないうちに、本当に死んでしまったんだね。わたしは、崖をすりぬける父の夢を見たよ。トンネルを徒歩で抜けて海に出ていく父の夢も見たよ。

おまえのせいだ。キイちゃんは言った。噂は、小学校のほかにもあった、高校の教室や廊下をおまえが歩くたび、ほかの生徒たちの雑談に空白ができ、空間の温度が下がった。おまえが中学時代になにかをして、つまり、根本的に相容《あいい》れない獰猛《どうもう》な怪物かなにかのような行為をおこなって、いまは教室のすみで誰とも話さず、文化祭も体育祭も休み、午前のみでテストが終わる日にも、だれかと連れ立って街中に出ることもなく、電車に乗って坂に帰っていくだけの存在だったとしても、触れればなにをされるかわからない。とくにあいつが刃物の付近にいるときは絶対に近付いてはいけない、なぜならば、なにかがあったから、なにかはわからないが、中学時代になにかがあったからだ、と噂されていた。

中学校でもおまえはそうだった。小学校のときになにかがあって、あいつに近付いてはいけない、とされていた。それでも、一年生の最初の二週間はむしろ教室内のほぼ全員と会話をかわしていたし、笑うこともあった。おまえのすぐ前の席に座る子が、おまえのほうを振りかえって印刷物をまわしてくれるときの表情から、きっとほのかに好意を持たれているのだろうと自惚《うぬぼ》れたことさえあった。そうだったよね。

でも、ある朝おまえが教室にはいると空気があきらかに変わっていて、もう決して直接おまえに向くことのなくなった生徒たちの目のかわりに、教室じゅうの床や壁がうねり、ざわめき、小学校のときになにかがあったのだ、なにかがあったからあいつとは関わってはいけないのだ、と、その場にいる全員に語りかけていて、おまえが自分の席にむかおうとして一番手前の席の子の机の角に不注意で鞄をひっかけ、机がわずかに動いてしまったとき、それまでじっと押し黙り息をとめておまえが通過するのを待っていたその子が、声を上げて泣きだしてしまった。泣きつづけ、いつまでたっても泣きやまなかった。一時限目のはじまる時間になっても止まらず、授業をはじめることができないので、みんなの目は教壇で困惑する教師のほうを見ていたけれど、すべての意識がおまえのほうに敵意を向けていることにおまえも気づいていたはずだ。そこにおれはいなかった。

じっさい小学校でのおまえは手がつけられなくなるほど暴れまわることがあって、だれもその理由を知らなかったけれど、ただおまえが教室と廊下を隔てるガラスを割ったり、二階の窓から校庭にむかって学習机を放り投げたり、掃除につかう箒《ほうき》でほかの子の下腹部を執拗に突いた、といった話がいくつもまわっていた。いじめもなく少人数の平和な田舎の学校なのに、なにがそんなにおまえを暴れさせるのか、と大人たちは噂しあった。

おまえは「さ行」の発音が大きくなってからもうまくできなくて、親に病院に連れていかれた時期もあったが通院はいつしか自然消滅していて、おまえの毎日は小学校と家と先生の教室を行き来するだけで、学校にはおまえを囲んで押さえにかかる若手教師たち、さらにその現場を取り囲む教頭や主任たち、その数歩外からばたばたと暴れるおまえの足だけを見るおれたち下級生がいた。

それでも、とわたしは言った。わたしは毎日学校に通った。中学にもいったし、高校にもいった。学校にいく以外のことをしたことがなかった。それがわたしのリズムで、規則だった。それ以外のことがわからなかった。どれだけ体調をくずしても、休むことはなかった。一度だけ、高校の修学旅行だけは休んだ。旅がいやなのではなかった。学校にいけないのがいやだったのだ。学校にいかずにどこかほかの遠いところにいくこと、その一ヶ月もまえから教室の空気がなんとなくざわついて、底のほうから蠢《うごめ》くようになっているのがとてもいやだった。毎日学校にいくこと、そのリズムが壊されるのがいやだった。

子供の声が降ってくる。

わたしはこの土地のもうひとつの崖、コンクリートの崖の下にたどりついていた。それは坂の中途にある、小学校の敷地の土台だった。わたしの頭上のはるか上にはあの広いグラウンドの平たい砂地があるはずだったが、いくら視線を上げても、砂の面は視界にはあらわれない。姿の見えない子供の声だけが崖の上から降ってくる。崖のなかから聞こえてくるようでもある。ここから坂を上っていくと、だんだん道とグラウンドとの差は縮まり、崖は縮小していって、やがて道と砂地がおなじ高さになり、道のほうが追い抜いて高くなる。そのさらに上から見下ろせば、坂の中途から中空にむかって、四角形の岬《みさき》のようなかたちで敷地が突き出しているのがわかるはずだった。

そう、それで、おまえの背がちいさいというだけの理由で顔面に唾を吐きかけてきたもの、「さ行」の発音がおかしいというだけで彫刻刀をつきつけ、おまえの髪を横に引いて束《たば》を切りとったもの、何度も執拗におまえにぶつかるふりをしては、痛い痛いと声を上げて、じっさいはおまえに触れてさえいないのにまわりの注目を集めるもの、おまえの持ち物を勝手にごみ箱に捨てるもの、おまえの靴に画鋲《がびょう》を刺すもの、そうした行為をおこなったものたちの顔のどれひとつとして、おまえはもう思いだすことができない。あるいはその子たちは当時からすでに顔のない存在で、わが校はみんな仲良く、いじめのない、小さな田舎の学校です、と全校集会のたびに校長は言ったものだったけれど、校長も、うなずく教師たちも、みんなすでに顔のない存在だった。

おまえは復讐をおこなった。おこなわざるを得なかった。復讐の対象はあいまいだった。おまえにとってはこの土地全体がひとかたまりの悪意でしかなかったから、相手は人間でなくてもよく、物品や、道具や、窓や、そのほかのすべてが対象になった。物を壊すように人を殴り、人をなじるように物をいたぶった。はじめは悪意を受けておき、いくらか溜まったらそろそろ反撃をしようなどと調整を考えるときさえあった。ほんとうは調整などできていないにもかかわらず、おまえはすべてを制御していると思いこんでいた。十分に耐えた、だからそろそろ制裁が加えられるべきだ、それはこのくらいの規模でおこなわれるべきだ、と計算をしながらおまえは物を投げつけ、振りまわし、壊した。

夜になるとおまえの父親は坂を上って、おまえに唾を吐きかけ、そのことでおまえに復讐されたある子供の家にいき、菓子折りを渡し、頭を深々と下げた。おまえの祖母も連れていかれた。おまえの父親に手をひかれ、杖をついて、じぶんの履く靴の長さよりもすこし短い距離だけ、一歩一歩と足を前にだして祖母は歩いた。おまえの父親は、老齢のおまえの祖母を前にだし、その後ろにまわって謝罪をおこなった。相手の子にしたって両親を盾に、わざと怯《おび》えたような目をして、おまえの父親のほうは見ずに祖母のほうばかりを覗きこんだものだった。翌日の教室ではどんなことでも起こった。おまえがむりやりに服を脱がされたことについて、おまえがひとりの子に後ろから押さえつけられ、ほかの子が正面に立ち、鋏《はさみ》で顎のあたりを切りつけてきたこと、なぜか出血はほとんどなく、痕は白く薄い線が引かれた程度に見え、夜中には飛び起きるほど熱く腫れて痛むのに、昼にはまたただの線にもどってしまい、切りつけられたなど言いがかりにしか聞こえないと大人たちから責められたことについて、その他のすべてのおまえが受けた被害について、おまえの父親は坂を上り下りして、ひとつひとつの家に謝罪にいったものだった。加害者加害者、と祖母は発話した。

それで、とキイちゃんは言った。父親はおまえを連れて岬にいった。「浦」の駅よりもずっと先、風の強いことで有名な岬だった。あぶないから気をつけないと、とおまえの父親は言った。事故になるかもしれないから、気をつけないと。その日の天候はおだやかだった。快晴ではなかったが雨が降ってもいなかった。

そのとき車はふたりきりで、おまえの祖母は体調を崩して家にいた。岬に着いて車を降り、駐車場からしばらく歩くとすぐに海が見えた。よく見わたせた。水平線というのは、まったく平らかな直線なのではなくて、わずかにたわんだ曲線であるのだと、そのときおまえは知った。黒ぐろとした岬の突端へは、おまえの膝ほどの高さにロープが張られていた。おまえが風に飛ばされて、ロープを越えて海におちてしまうという事故は、しかし、おこらなかった。

岬のかなり手前には階段がしつらえられていて、下の浜へ降りていくことができた。

濡れていてあぶないから、写真を撮ってきてやるから、とおまえを上で待たせ、父親ひとりが海岸へと降りていき、遠ざかって小さく丸くなっていくその頭を、おまえは見ていた。岬は波が寄せるばかりで、ときおり風にあおられた飛沫《しぶき》が薄い霧になり、降りかかった。生ぬるい潮の匂いで、鼻のさきから肺の奥までがいっぱいに満たされた。大きな鳥が哭《な》く。はるか頭上を旋回するのが見える。

そうだったね。わたしは言った。父はしばらく下にいた。長いあいだ下にいた。当時のわたしにはそのまま人生が終わりそうなほど長く思えた。父はあきらかになにかを待っているように思えた。

それで、とキイちゃんは言った。帰り道、おまえの父親は海からなにかをもらってきたかのように饒舌《じょうぜつ》だった。父さんが中学生のころはな、とおまえの父親は言った。まだ隣町に中学校があったんだ、いまは廃校になってしばらく経つけれども、父さんは自転車で通学していたんだ、と言った。

おまえの父親は朝、家を出るまえに野球部のユニフォームを着こみ、制服は鞄にしまっていたから、自転車のかごのうえで表面積を増した鞄は風にあおられ、自転車の軸は山道でおおきく振れたものだった。肩に力を張ってハンドルをおさえ、おまえの父親は漕いだ。朝と夕方に練習がある。そのころはたくさん食べてすこし睡眠をとればいくらでも回復するから限界まで体を使い尽くしてもよかったのだ、と父親は懐《なつか》しそうに言った。

授業が終わり、夕方の練習も済み、片付けもそろそろ終盤というときだった。おまえの父親はどういうわけか、ひらけた校庭の土のまんなかにただ立っていた。仲間は誰もおまえの父親に声をかけなかったし、そちらを見てさえもいなかった。

その日も快晴ではなかったが雨が降っていたわけでもなかった。日射しのやわらかな午後だった。空が急に暗くなった。それが、雲の濃くなったせいか、陽の傾いたせいか、と考えることもなく、おまえの父親は土のうえに立って、ただ一点を凝視していた。均し終わったグラウンドにひとつ、球《たま》がおちていた。夕方の光の加減からか、やけに白が眩しかった。野球ボール、にしてはすこし大きすぎる。練習中に水を飲むことは禁止されていたから、脱水状態で頭が乾いているのかもしれないとおまえの父親は考えた。はやく拾わなければいけない。それがおまえの父親の役割で、やりのこしが先輩にみつかれば、またランニングの距離を追加されてしまう。

球はどんどん大きくなっていた。輪郭がぼやけてくる。あぶないな、とおまえの父親は思った。あぶないから、はやく拾わなければ。そして、拾うために半歩そちらに踏みだしたとき、気がついた。遅かった。それは球というより物体で、物体というより光そのもので、あきらかに白熱していて、突然激しい風が吹いて顔面に熱が触れ、暗い、と思うともう視界は闇一色になっていた。

闇は長く続いた。体感として長くありながら、実際には一瞬であることもおまえの父親には同時に認識できていた。でも、一瞬と呼ぶにはすこしばかり長いような感じもしていた。闇色の絵の具のなかを意識が泳いでいる、そのうちに外で経過しているのが数秒でも数十年でも不思議ではなかった。ようやく呼び起こされて目覚めたときには、闇のなかにいたのはせいぜい数日のことだろう、と冷静に考えなおすことができていた。

実際には、一分も経っていなかった。目を開けるとおなじ野球場のまんなかで、仲間に囲まれていた。おうい、とさっきまで呼びかけていた顔たちは、ただ覗きこむだけで、おまえの父親が目をあけたことをよろこぶべきだと全員わかってはいたけれど、本当に問題がないかどうかの確信がなく、前屈みになり、顔を見合わせるばかりだった。おまえの父親は地面に横たわっていたから、彼らの足の隙間から円陣の外を見ることができた。監督がこちらに走ってくる。みんな、目の前で人が雷に打たれたのは初めてのことだった。

そうだ、そろそろ家に帰ろうとしていたのだ、とおまえの父親は思いだした。それで、立ち上がり、学校の駐輪場へと歩きはじめた。部員の輪は試合直前にするような密な円陣ではなく、互いに距離をおいた疎《まば》らなものだったから、その隙間を抜けることができ、みんな抜けるのを目で追うばかりで、どうしていいかわかっていなかった。

おまえの父親が立ち去っても円は崩れず、体はその中心に向いたまま、顔だけがすべて円の外のおまえの父親を向いていた。監督ひとりが後を追い、叱責のような語調で止めようとしたが、おまえの父親には聞こえていなかった。のっそりのっそりとおまえの父親が進む。監督の声は、懇願の色を帯びはじめる。獣のような歩みが運動場の端へと差しかかったころになってようやく、おうい、と先輩の一人が後ろから叫んだ。おまえの父親には聞こえていなかった。あれはいかん、と先輩は自分だけに聞こえる声量でつぶやいた。雷に打たれて、そのときは平気で歩いとっても、二、三日してパタンと死んでしまう人もおる。言ったのを、すべての部員たちが聞いていた。おまえの父親は、いやに腹がへった、いつも通っている大盛りの中華の店にむかおうか、とそればかり考えていた。

それからの生涯を通しておまえの父親は病院に何度も行くことになった。原因は痺れではなく、痛みや記憶喪失でもなかった。おまえの父親は、どういうわけかよく怪我をした。風邪も頻繁にひいた。大病は一度もなかったが、毎年のように骨折もした。

医者に原因を訊かれるといつも、わからない、いつのまにか折れていた、と言った。

右腕にギプスを巻いたおまえの父親が、家庭菜園をやる、と言い出したことがあった。おまえが小学校から家にもどると、おまえの父親は庭にしゃがんで、利き手を吊るし、慣れないほうの手で土をいじっていた。たねや肥料を買ってきて、朝から晩まで野菜と無言の対話をして過ごした。仕事にはもういかなくなったのだ、とおまえは気づいた。前は家でも会社のひととよく電話をしていたのに、それもなくなった、とおまえは思った。おまえの父親は、晴れの日にはずっと庭にうずくまってごそごそと動き、雨の日には納屋の戸口に座りこんで、まわりの塀や建物の関係でどうやっても陰にしかならない自分の菜園を暗くなっても見つめ続けていた。

あんたにものを育てることはできん。あんたがおったら育つもんも育たん。全部だめになる。おまえの祖母が、おまえを指してそう言っていることをおまえは理解していたが、父親には聞こえていなかった。父親が実母の声を聞かなくなったのはいつごろからなのか、おまえは知らなかった。祖母のほうは聞こえているかどうかにまったく関係なく、おまえの父親が子供のころ頻繁に夜尿を繰り返していたという話を、そしてそれが母である自分に対してあてつけのように執拗であったという話を、心底呪わしげな口調で訴えた。

野菜たちにとっておまえの父親は、ほとんど目的のない干渉を繰り返す、慈悲深くはあるが蒙昧《もうまい》な神そのものだった。頻繁な接触を受けながら、野菜たちはそれなりに育った。薄緑の葉や蔓《つる》が、杜撰《ずさん》な育てかたにもかかわらずぐんぐん伸びて、伸びすぎと言ってもいいくらいに伸びていた。野菜は尿をかけるとよく育つのだと父神は言い、実際にそうした。

そうだったね、とわたしは言った。だからわたしは気味がわるかった。庭を見るのがいやだったし、学校から帰ってくると、壁を透かして野菜たちに見られているような気がしていやだった。野菜はみんな父の顔をしているとわたしは思った。家族が布団をならべて寝ているときも、壁のむこうにそれらがある、と思うと、ちょうど庭の方向に枕を置いて横になっている自分のほうにもそれらの根が伸びてきて、頭をつかみ、手足を固定し、全身の穴という穴から侵入して、父と血のつながったわたしのことまで、野菜のすがたにつくりかえてしまうのではないかと恐れたものだった。

きゅうりだった。父の腕のギプスが取れたころ、収穫されたきゅうりは、キッチンで洗われて黒ぐろと水に輝いていた。ほかの野菜に比べると、きゅうりが一番ましな出来だったが、市販のものと比べればひどく小ぶりで、ぐねぐねと折れ曲がっていた。青い香りが立つ。つよく立つ。顔をそむける。

わたしがキイちゃんと恐竜の化石をさがし、その日の川原でも収穫はなかったので家に帰ると、父は言った。あした、家族で山にいこう。

山にむかう途中、母は助手席で黙っていた。父が家にいるあいだ、母はずっとそうしていた。山に登ろうと父が言うときの家族には、祖母は含まれていないらしかった。祖母をヘルパーさんに任せて三人で出かけることはそれまでもあったけれど、三人だけの車のなかで、饒舌な父が家族家族としきりに口にするので、そうか、わたしと祖母とは家族ではないのかもしれないのか、と思った。

気をつけないとな。と父は言った。雷だけは気をつけないと。運転席の父が一方的に始める話は、この言葉でいつも唐突に切れた。その日は雷注意報が発表されていた。

わたしたち三人家族は、無言で登った。車で少し走ったところにある低い山。このあたりは山ばかりだからどこに向かっても山といえば山で、そこが「山」と呼ばれているのは、たんに地元ではよく知られているトレッキングコースがあるということで、わたしもいちばん簡単なコースを学校の遠足で辿ったことがあった。運転席ではあれこれ話し続けていた父も、いざ歩きはじめると黙りこくった。山の斜面は、坂の斜面とは違った。先も見えず方向もわからない。木々がまずあって、その間を縫うように、浅く踏み固められた道が続く。

途中、海外の言葉を話す集団と行き合った。こんな田舎の低山にまでわざわざ観光にくるものがあるのだと驚いた。田舎から出たことのないわたしには物珍しく、横目で何度も追ってしまったけれど、むこうはわたしたち家族のことなど気にかけていなかった。

しばらく歩くと林がひらけ、むきだしの丘陵を歩くことになった。道のところだけ草が剝《は》がされたようになって、ところどころに柵もあり、進むべき方向はよくわかった。わたしたち家族はほとんど密着しながら黙々と歩き続けていたのに、海外の集団は集団と呼べないほどにばらけ、好き好きの位置にいて、先頭のものは最後のものからはほとんど点にしか見えないくらい離れ、写真を撮りだすといつまでも撮っているので、蛍光色の服の順序が頻繁に入れかわった。

遠足の経験ではたいした長さではないと記憶していたのが、進んでも進んでもまだ先があり、景色もほとんど変わらず、尿意が少しずつふくらんで、それでもまだ、さっき見たような木や石の連続がずっと先まであった。風が強く吹き、雲の影が落ちるたびに、わたしは雷を思った。でも、視界はすぐにあかるくなった。あかるくなって、暗くなって、またあかるくなった。山の雲は流れやすい。移りかわりがはっきりとわかる。

頂上には、頂上、とだけそっけなく書かれた看板があった。すぐむこうには、さらに険しく高い山が迫っていた。そちらを仰ぎ見ずに、空中に突き出した岬のようなたちの場所に踏みだせば、このあたりの渓谷をいくらか見渡すことができた。電車の橋や集落のいくつかの建物、変電所のごつごつした設備がみえた。苦労したつもりなのに、ずいぶん視界が低く思えたし、遠足ではもっと簡単なルートでここに来られたから、わたしはつまらなかった。

うわあ。父はわざとらしい声を上げた。父だってほんとうに景色に驚いているわけではないはずだった。わたしが驚きを子供らしく素直に表現するよう、水を向けているだけだと簡単にわかった。大人がこの程度の景色で驚くわけがない。うわあ。同時に父が諦めているのもわかった。わたしが期待通りの声を出さないであろうと知ったうえで、それでもあえて父の役割におさまっていて、父は父自身のために声を上げている。叫んでいる。

麓《ふもと》に戻り始めるのと、雨が降り出すのはほとんど同時だった。さっきの集団がやっと頂上まで登ってくるのとすれ違う。わたしたちは濡れながら何も話さなくて、ただ早足で山を降りた。そのあとに家で食べた鍋はおいしかった。父が野菜を切り、母がつくねを入れた。わが家の鍋には必ずつくねが入っていた。留守番をしていた祖母も一緒に食べた。つくねはやわらかくてぶよぶよしていた。祖母はつくねばかりを食べた。祖母は野菜を好まなかった。それが、わたしが父とでかけた最後の日だった。

それで、とキイちゃんは言った。おまえはまだ重要なことを思いだしていない。おまえはおれのことを思いだしていない。父親がいなくなる直前に川原であったことをおまえはまだ思いだしていない。

どうだろう。わたしは言った。わたしはキイちゃんのほんとうの名前をまだ思いだせていない。キイちゃん、というのが姓から取ったものか、下の名前から取ったものか、まったく関係のない由来によるものなのかも思いだせない。顔もやっぱりわからない。あなたの姿を想像するときに出てくるのは、あなたが一時期、頭に装着していた器具のことだ。

あなたには、お兄ちゃんがいたね。成長期にさしかかりはじめた、手足の長細いお兄ちゃんだった。小学校を出たばかりで、声はもうずいぶん低くなっていて、運動が得意で、小学校にまだいたころは学校の徒競走や球技大会でいつも活躍していたので、その長細いすがたを学校中のみんなが知っていたね。

違うよ。キイちゃんは言った。おれには兄はいなかった、とキイちゃんは言った。

でもわたしは覚えているよ。学校で何度も聞かされたから、細部まで想像で補って、どこが想像でどこが事実だかもはやわからないくらい詳細に、その夜を自分に起こったことのように思いだせる。

その夜、あなたとお兄ちゃんは外食に出ていたんだね。親が遅くまで家をあけるから、お兄ちゃんと連れだって外食にいくことを、いくつかの店の人は知っていて、いつも親切にしてくれた。電車に乗って隣の駅に、このあたりでは有名なラーメン屋さんがあって、そこはあなたのお兄ちゃんの中学校の同級生のおうちで、子供ふたりのときにはほとんどお金を取らずにたくさんのものを食べさせてくれて、形式上いくばくかの代金を受けとりはしたけれど、正規の金額には到底とどかないことをお兄ちゃんも承知していたから、深々と頭を下げて、まだ小さいあなたの頭も兄弟ゆえの乱暴さでむりやり押し下げて、何度もお礼を言っていたんじゃないかな。

電車で戻って、坂を上って家に帰る途中だったよね。慣れた道だから、あなたはお兄ちゃんとふたり、ぴょんぴょんと坂を上っていった。たぶん、夏のことだった。谷のほうに溜まる水っぽい暑さを、山から吹きおろす夜風がときどきさらって、半袖の素肌が撫でられるのが気持ちよかった。まだ食べ終わったばかりのラーメンの余韻があった。手足が長細いお兄ちゃんが、へんな踊りをしながら夜闇を先導する。その様子が布か紐のようにひらひらとなっているのがおもしろくて、あなたは笑ったはずだ。

そのときあなたはまだ生きていたので、笑うと、さっきたっぷり食べた麵が出てきそうになって、いちど息を止め、それからまた笑ったのだと思う。あなたの家は駅から上ってきたのと逆側にあったから、あなたのお兄ちゃんはすでに、信号も横断歩道もない道路を、対岸の闇のほうへ踊りながらぴょんぴょん跳ねて行ってしまったんだよね。道は暗かった。地面に描かれた制限速度の数字は、あなたにも不気味に伸長して見えていたんじゃないかな。

むこうの暗がりでお兄ちゃんが、呼んだ。

手招きする。にぃ、と笑ったお兄ちゃんの表情が、光のなかに白く浮かぶ、そちらのほうを目指し、呼ばれるがままに、切りたての丸い髪を夏の空気に揺らしながら、ぴょんぴょんと車道を横切ろうとして、そのときちょうど近くの私道を曲がって駅のほうへ加速してきた乗用車と、あなたは衝突した。

隣町の病院に運ばれたあなたが意識を取りもどしたとき、呼吸のために喉に穴があけられて、管が通されていた。まだ話すことはできなかったけれど、目をあけることはでき、五十音のひらがなのついたボードを一文字ずつ指さすこともできた。みんながあなたを心配しているとあなたの担任教師は思ったから、あなたが無事でいる様子、いくつかの文字を指さして言葉をつくり、カメラにむかって手をふる姿を撮っていて、わたしは小学校の体育館で、全校生徒と一緒にその映像を見たんだよ。見たあと、事故の詳細な一部始終を聞かされて、それから、特別にまねかれた警察のひとから交通ルールについての講話を聞いた。

あなたは学校に戻ってきた。先生の珠算教室にも戻ってきた。事故のあれこれは体に根深く残っていたから、前とまったく同じようにとはいかなかったけれど、動くことも話すこともできたし、坂をまたぴょんぴょん跳びはねながら上っていくことさえできた。ただ、頭にはいつも器具をつけていて、どうやら骨を固定するものらしいと聞かされていたけれど、その意味よりは、蒸れてかゆくなり、かゆみを通りこして痛みにかわり、夏よりもむしろ冬のほうが不快なんだ、と話してくれたことのほうが、わたしには印象に残っている。

違うよ。キイちゃんは言った。おれには、そんなことは起こらなかった。おれは事故にあったことがない。兄がいたこともない。それはべつの子の話だ。その子は、たしかに事故にあいはしたけれど幸い軽傷で済んで、念のため病院にいきはしたし、教師たちが注意喚起の全校集会を臨時で開きもしたけれど、その子自身もその集会に参加できていたくらい、軽い事故で済んでいたんだ。おれが頭に器具をつけていたのは事故のせいじゃない。

そうかな。わたしは言った。そうだったかな。キイちゃんのお兄ちゃんがほんとうは存在しなかったというのなら、キイちゃん自身はどうなのかな。あなたはほんとうに実在したのかな。

そうだね。そうかもしれない。キイちゃんは言った。この土地を去ったおまえにとって、いなかったのはおれの兄だけじゃない。おれ自身だって実在しなくてもおかしくはない。おまえの父親も実在しなくてもおかしくはない。おまえの祖母もいない。おまえもいない。みんな子供のうちに崖のむこうからやってきて、いずれは崖のむこうへ還っていく。おまえの祖母が家を出たこと、おまえの父親が突如として消滅したこと、それはぜんぶ崖に呼ばれて、崖のむこうに還ったせいだ。あの母親だけが崖のこちら側の人間だった。夫と義母の存在に耐えきり、おまえという暴力の塊と十八年おなじ家に過ごすことに耐えきり、最後に家に残ったものの特権としてついに家を壊し、この土地を脱出することに成功した、あの強い母親だけがほんとうの存在だったんだ。珠算教室の先生だって、あそこにいた子供たちだって、そもそもあの教室そのものだって、おまえにとっては存在しないも同然のものなんだね。

キイちゃん。わたしは言った。そうじゃないよ。わたしはもう子供じゃないから、子供みたいに、キイちゃんみたいに話すことはもうできないよ。

わたしは事実を確認できる。わたしは、いま坂を上りながら、墓参りにいく手前で珠算教室に寄ってみることもできる。あの場所の記憶はきちんとわたしのなかにあるし、どんな道を辿ればあそこに着くのかもわかっているし、先生がいまどう過ごしているにしても、珠算教室のそばの道から川原に行くことだってできる。たしかに坂の印象は子供のころとはすこし違って、毎日のように歩いていたはずの道なのに、当時よりももっとずっと長く感じられ、思うように足が運べないけれど、それでも確かめることはできるよ。それに、あなたもたしかにこの土地に存在した。わたしは覚えている。いつもいっしょに恐竜をさがした。川原で砂利を掘ったり、剝き出しの土の表面にスコップを突き立てたりして、いっしょに骨をさがした。そうだったよね。

そうだね。キイちゃんは言った。それが、おまえが思いだすべきことだ。おまえにとってはほんの思いつきだった。あのときにおれの放ったどの言葉がおまえの想像をかき立てたのか、おれにはいまだにわからない。おまえもきっとわかっていなかった。川原で、恐竜をさがすためのスコップをもったおまえが、それを恐竜の爪のようなかたちに構えて、それから、おまえがどんなふうにしておれを打《ぶ》ったのか、おまえはきちんと思いだすべきだ。

キイちゃん。わたしは言った。それは違うよ。わたしはキイちゃんをころしていない。

おまえは、とキイちゃんは言った。地面を掘っていけばいつか骨が出てくるように、人間の皮膚にスコップの先を突き入れて、頭蓋骨を掘り当てることができると考えたんだ。地表を掘る仕草を、人間の頭部の皮膚に適用して、刺し、ほじくり、すくい上げて、骨があった、とうれしそうに叫ぶことが、おもしろい冗談になると本気で思っていたんだ。だからおれにそれをした。それでおれは病院に運ばれて、頭に器具をつけて過ごすことになり、一時は回復し、しばらくのあいだ学校にもどることができたけれど、やがて状態が悪化した。

キイちゃん。わたしは言った。そのことがあってもあなたは死ななかったよ。あなたは何年も生きていた。あなたが死んだのはそのせいじゃない、わたしにとってはいわれのないことだよ。

わたしはあなたをころしていない。あなたがいつごろ、なぜ亡くなったのか、わたしはほんとうに知らない。あなたが亡くなったという事実そのものをずいぶん後になってから聞いた。母なら知っていたかもしれない。でも、聞きそびれてしまったし、もともと知らないことを思いだすことなんてできないし、でもすべてがなかったわけではなくて、川原も教室も先生も存在の記憶はわたしのなかにたしかにあって、休日になるたび、家にきてわたしの手をとり、色んなところに連れていってくれた、あのやさしい先生のことを忘れたりはしないよ。

だったら、とキイちゃんは言った。どうして先生はほかの子じゃなく、おまえだけを外出に誘ったんだろうね。教室にはたくさんの子供がきていたから、川原にいくときとおなじように、おまえだけじゃなくほかの子も連れて、列をつくって手を繋がせて、たくさんの子と電車で出かけてもよかったはずなのに、どうしておまえだけをこの坂から連れだして、ほかの子からも大人たちからも引き離すようなまねをしたんだろうね。おれはぜんぶ知っている。おまえは学校教師もまったく手がつけられない存在で、両親でさえ、疎《うと》んでいないふりをしながら、じつは罰が下ってほしい、雷や風によっておまえが死ぬとまではいかなくても、そのいのちのありようが根本的に変質してほしいとひそかに願うほどだったけれど、そのおまえの面倒を坂のすべての大人たちから暗黙のうちに押しつけられ、内心怯えながらおまえに接していた先生の真意を、おまえは最後まで知らずに済んでいたんだ。先生はうまくやった。先生は亡くなった。教室ももうない。

教室は、とキイちゃんは言った。先生の死後、親戚のものがひきとって建て替えをおこない、ありきたりな量産型住宅にかわった。まだ先生がいると思って覗きにくる子供たちが後を絶たないので、先生の親戚はついに家の周囲に有刺鉄線をめぐらせることになった。その、先生の親戚というのがどういう人なのか、坂の大人たちは実際に覗きに行きはしなかったものの、視界の隅で気にはしていて、とはいえ全員が遠巻きに観察するのみで、実態を知るものは誰もおらず、先生に家を相続するような血縁者がいたことさえ、その親戚が土地にあらわれるまでは知っていたものはいなかった。それで、ただの子供相手に有刺鉄線だなんてやりすぎだ、怪我でもさせるつもりかと言いはじめたものがあり、それを起点に悪評はどんどん広まり、ありもしない有象無《うぞうむ》象《ぞう》の評言が坂じゅうをめぐった。

しばらくして、先生の親戚というのは常時住んでいるわけではなく、別荘としてたまに使うくらいで、それでもなお町内会費をほかの家よりも多く納めているのだとわかり、ちょうど同時期に集落全体で空き巣の被害に遭う家が頻発したから、もう時代が変わったのだ、いまは有刺鉄線くらいがちょうどいい、都会のひとは偉い、とそれまでの評価を反転させることになった。空き巣は最後まで捕まらなかったけれど、すこし離れたべつの集落にある練り物工場が外国人研修生の受け入れをはじめた時期だったので、きっと彼らの仕業だろうというまったく根拠のない結論に落ちついたものだった。そもそもの話、あそこの練り物屋は昔から品質の悪いことで有名だった、と噂はつづいた。

そう、とわたしは言った。先生の教室の、あの水のような空気、長年独り住まいをしてきた先生の身体と深く同期しているような、あの薄暗い空間はもうなくなってしまったんだね。

それに、とキイちゃんは言った。おれは先生がいなくなった瞬間を見ていた。坂の中途に、喫茶・軽食、と看板を出す店があるのをおまえも知っているはずだ。老齢の夫婦が、いまは火曜と水曜と木曜の昼間にだけ営業していて、先生はむかしからそこに通っていた。

そんな店、知らない。わたしは言った。そんな店はなかった。いつできたんだろう。

むかしからある。おれたちが生まれるまえからずっとある。とキイちゃんは言った。おれたちが生まれてからは営業時間は昼間の短いあいだだけになっていたけれど、おまえの父親が子供のころには夜まで営業していたし、業態も中華の店で、安価で大盛りの食事を提供していた。部活帰りのおまえの父親もよくそこに通っていた。雷に打たれた直後だって腹がへったと思ってそこに向かっていたくらいだった。店はむかしからあった。やがて坂から若者が減り、夫婦もじぶんたちの体のことを考えて、喫茶への鞍替えを決心して、それでも餃子《ギョウザ》定食だけはメニューに残ることになったけれど、先生が注文するのはそれではなかった。

先生は、店のやっている火曜から木曜まで、欠かさずそこで昼食をとっていた。一段と食の細くなってきたそのころには、一日の食事をその昼食一回きりで済ませるときもあった。入口の扉が開くと、カウンターの奥の、暖簾《のれん》で隔てられただけの夫婦の生活スペースから、エプロンをつけた夫か妻のどちらかが出てきて、ああ先生、とだけ言った。先生は店の、一番奥の壁際の席に座る。めがねをかけて、もってきた本に目を落とす。注文せずとも料理ができあがり、先生は静かにおしぼりで手を拭いてから、両手をあわせる。

食後のコーヒーを半分飲んだあたりで、先生はいつも居眠りを始めたものだった。夫婦もそれをわかっていて、先生のまえに客がいるときでも、手洗いにいちばん近い、壁の真横の席をいつも空けるようにしていた。蒸気に満ちたカウンターの中からは、先生のあとにぽつぽつやってきた常連客たちの顔もよく見えた。先生が静かに眠りに入るところを視界の隅に入れつつ、夫婦はつぎの注文を受ける。先生は店の閉まる時間まで眠るので、いびきの本当にひどいとき以外はそっとしておく。問題はなかった。外を通り過ぎる車の音が聞こえた。一台だけだ。そのあとで大きな鳥が地面すれすれを飛んでいく。隅のテレビがニュースに切りかわる。

換えなきゃねえ、と、夫か妻のどちらかが、もう一方に言った。手洗いの扉に一番近い電球が切れて、しばらくになる。平日の昼にしか営業しないから、すぐに換えなくても困らない、と思うとそのままになってしまっていた。雨が降り店内が暗くなる日以外は、営業中でも消灯してある、あってもなくてもよい電灯だった。ふいに思いだして、もしかしたらまた灯るかもしれない、と思いついてスイッチを点けても反応はなく、何度か試してみてもじっと暗いままだった。換えなきゃねえ、と、夫か妻のどちらかがもういちど言った。

そのとき、眠っている先生の体が、く、と傾いた、とキイちゃんは言った。重心が浮いて、壁にすこし肩の先がついていているくらいだった体勢が、完全にしなだれかかる、その様子を夫婦は目の端でそれとなく見届けるはずだった。けれど、先生の体はぐるんと大きく傾き、なにも受け止められないまま、壁へと向かって大きく崩れ、夫婦が同時にあぶない、と言ってそちらを向いたときにはもう遅く、支えを失った先生の尻が店の丸椅子からぺろりと剝がれ落ち、かたく動かないはずの壁面は、先生の体を押しかえすかわりにそのまま、液体であるかのようにするりと受けいれ、水平方向に沈むようにして、先生の体は壁のなかへと消えてしまった。先生はいなくなった。席には眠りに落ちるまえに外していためがねと、本と、飲みさしのコーヒーがあるばかりで、夫婦は壁を叩いてみたり、客席の椅子をどかしてみたりしたけれど、床に折りたたみ財布が落ちているのを発見しただけだった。店の手洗いや、物置や、外の道にも先生の姿はなかった。あわてて店を閉め、先生の家を訪ねていっても、誰も出てこなかった。子供たち、おれたちの遠い後輩たちも、その日はいつまで経っても教室が開かないから、珠算教室の看板のあたりにランドセルを投げ出し、外から庭にまわって、待つとも遊ぶともつかない時間を過ごしていた。

そう。わたしは言った。そうではないよね。

キイちゃんが、にぃ、と笑った。目に見えない、体も顔もない、ただ意識に入りこんでくるだけの死んだキイちゃんの存在が、それでも、にぃ、と笑った気がした。子供のまま死んだキイちゃんだから、やっぱり子供のような行動をする、と思った。キイちゃんがうそをつくのはわたしを責めているからだ。わたしが本当のことを言わないと感じているから、わたしにころされたと思いこんでいるから、大人のわたしがうそをつくならば、子供のキイちゃんも、うそをつき返してやろうとたくらんでいるのだ。

そうかもしれない。たしかにわたしはキイちゃんをスコップで打ったことがあるかもしれない。でも、打とうとおもって打ったわけじゃない。ちょっとふざけたつもりだったはずだ。そのとき、小さいときは、みんなの前でへんな踊りをしたり、おしっこするふりをしたり、教師の口調をまねたり、おかしな擬音をくりかえし口にすることがおもしろくて、それだけで体がよじれるくらい笑うことができて、そういう逸脱したかんじのこと、あきらかに普通じゃないと誰が見てもわかるようなことをすればよいとおもったのだ。学校でわたしの持ち物がぐちゃぐちゃにされるとき、わたしが体を固定されて髪を切られ、顎に傷をつけられるとき、それを自分の不注意だとして、誰かのせいにしてはいけないとして大人から叱責されるとき、みんなおなじようにして笑っていた。

坂には風が吹き、山からの木々の匂いが濃くなってくる。かなりのあいだ坂を上ってきたけれど、どういうわけか、人にはひとりも行き合わなかった。車も一台も通過しなかった。いや、一台くらいは通ったかもしれない。わざわざ気にしていなかったから、見逃しただけかもしれない。でもそれくらい、不思議に感じるくらい、坂にはずっと人の気配がなかった。

じっさい、わたしの子供時代にまわりにいた人々は、みんな坂から消えていた。祖母、父、母、先生、キイちゃん。みんなもはや実際に居たか居なかったかもおぼつかない、想像のなかだけの存在に過ぎないかどうかさえもわからない、遠い記憶の余韻だけになっている。

むかし、とキイちゃんは言った。川原で遊んでいた小学生が、骨をみつけた。雨のあとは行かれんよ、と先生が言うのが、その子にとってはひどくもどかしかった。いつもならそろばんを教えたあとみんなを川原に連れていってくれるのに、その日はなぜか連れていってくれなかった。その日は快晴ではなかったが雨が降っていたわけでもなかった。なのに先生は、行かれん、と言った。

先生は正しかった。夜半過ぎにざっと降り、増水していてもおかしくないのを先生は知っていた。まだずっと若かった先生は、昼に食事から戻ってすぐ、子供たちが教室にくる前にひとりでいちど川原に行き、水のようすを見てその日の予定を決めていた。それなのに、先生の静止を聞かず、その子は教室を飛び出して川原のほうへ向かってしまった。その子というのはおまえの父親だ。まだ雷に打たれるまえのおまえの父親だ。

おまえの父親はどうしても水切り遊びをしたかった。朝からずっと楽しみで、小学校でも時計ばかりを気にしていた。飛びだしたおまえの父親を何人かの子が追いかけたけれど、止めるつもりなのか、一緒になって遊ぶつもりなのかは、その子たち自身にもよくわかっていなかった。

川原には折れた木が何本も流れついていて、削れた枝や、黒ぐろとしぼんだ葉っぱや、ぱっくり割れてしまった幹のあとなどを避けながら歩く必要があった。危険といえばそれくらいだった。やっぱり大丈夫じゃないか、とおまえの父親は思った。先生はめずらしく意地悪なことを言った。大丈夫じゃないか。あるいは、先生は冗談のつもりであんなことを言ったのかもしれない、と思った。あとに続いてきた何人かの子たちも、いつもより深くはあるが、いつも通りおだやかな水を前にして、同じようなことを思った。すぐに散り散りになって石を探しはじめた。待ちなさい、帰りなさい、あぶないから帰りなさい、といつになく大声で叫ぶ先生の声がおもしろくて、それぞれの場所で同時にくすくす笑いをした。

おまえの父親はすこし離れた場所にいた。特別な場所を知っていた。川面からすこし離れた、川原と山との境目に、地面が段ずれして崖状になっているところがあった。崖というにはあまりにも低く、そのときのおまえの父の身長でもジャンプすれば上端を摑めたし、すこし迂回すればなだらかな斜面をつたってその上にいくことができ、ジャンプすればおりることもできた。その小さな崖に剝き出しになった土は、縞々《しましま》の層状をなしていて、手頃な石を握って削っていくと、中から水切りに最適な石を発見することができた。それで、そのときも平べったく白い石を地層から見つけて、おまえの父親は引き抜いた。引き抜こうとした。

抜けなかった。変わった石だった。どうやら表に見えているよりもずいぶん長細いようだった。まわりの土を掘りくずし、引っぱり、さらに掘ってもまだ続きがあった。おまえの父親はみんなを呼んだ。おうい、と呼んだ。へんな石があるぞ。へんな石。その言葉はみんなにとってこの上なく魅力的に響いたから、川原にいたものたちは拾いかけていた石ころを投げ捨てたり、ポケットに入れたりして、声のするほうへ駆けつけた。木の棒を持っている子もいた。

子供たちが一箇所に集まったので、先生もそこにやってきた。みんなもそのことには気づいていたけれど、もういいから、帰りなさい、という先生の声には聞こえないふりをした。木の棒を持っている子が土をくずすのを手伝うと、へんな石はどんどんあらわになった。うわあ。声が上がった。

骨かな、と言った先生の声からはもう、子供たちを叱るための声色は完全に抜けていて、しまった、と先生はすこし思ったけれど、それよりも目のまえの白く長細い、わずかに湾曲した塊から目が離せなくなっていた。おれにはその気持ちがとてもよくわかる。

カイギュウ。わたしは思った。

わたしはそれが恐竜の骨でないことを、資料館で見たときからずっと知っていた。字がうまく読めなかったキイちゃんはそれを恐竜だと勘違いして、毎日川原で恐竜をさがしていたから、訂正するのもわるいと思って、同時にすこしおもしろいと思って、かわいいとも思って、そのままにしていた。いつか教えてあげるつもりで、でもまだ早いとも思って、それで、骨にこだわるキイちゃん自身の骨をわたしが掘りだす冗談で、かわいいキイちゃんが喜んでくれると考えたことが、もしかしたらほんとうにあったかもしれない。

違うよ。キイちゃんは言った。喜んでくれるだなんてことをおまえは考えてはいなかった。おまえはちょっとやってみたい、目の前の頭をいきなり殴りつけてみたいと思っただけだ。悪意も善意もない、おまえはただそうしてみたいと思いついたんだ。あるいはおれとは無関係に、おまえ自身のなかだけで、そうすることしかできない、そうしないことができない、理由などなく、そうしないままでいることに耐えられないというだけだった。おまえはただ、そうしてみたかったからそうしてみただけなんだ。

ほね。キイちゃんは言った。きょうりゅう。ほね。キイちゃんは言った。恐竜はほんとうにみつかったんだ。おまえの父親がみつけた。だから駅前のロータリーに恐竜の像を建てる計画ができたし、町おこしになると言って大人たちはとても喜んでいたし、おまえの父親が恐竜をみつけたあと、中学校に上がって野球部に入り、そのときは中華屋だった店に通うようになったとき、まだ若かった店の夫婦は恐竜がみつかったことを坂の大人の誰よりも喜んで、あとになって店が喫茶・軽食に業態を変え、自治体の合併があり、道路工事がなされて、実際に像を建てることになったとき、これで町おこしになる、電車に乗って、お客がたくさん来るのだと、すでに歳をとった夫婦は考えて、ロータリーの像のために町に寄付をしていたほどだった。それで、発見者であるおまえの父親のことも知っていて、中学生のおまえの父親が店にきていたころは、いつも代金を半額にしてあげていたんだ。

そう。わたしは言った。でも、父がドライブのなかで、一方的に語って聞かせたどの話にも、恐竜のことなんて一度も出てこなかったよ。カイギュウの話もなかった。川原の話もなかった。父が繰り返し話したのは雷に打たれた話だけで、骨のことなんて聞いたことがなかったし、あの資料館のことも、むかし先生のそろばん教室に通っていたことも、一度だって話したことはなかったよ。

にぃ、とキイちゃんは笑った。きょうりゅうさがす。キイちゃんは言った。

先生の教室でいっしょに遊んでいたころ、わたしたちが、きょうりゅうさがす、と言っても、ほかの子はわたしたちのほうを見向きもしなかった。わたしたちだけがそこにいた。わたしたちはそこに存在しないも同然だった。わたしたちは、地面を掘りかえし、雑草に分け入り、川底をさらって、骨をさがした。何度さがしても、骨がみつかることはなかった。

おはか。かつてキイちゃんが言ったのを、わたしは覚えている。きょうりゅうの、おはか。そう言って、さっきまで掘りかえしていた石をふたつ、横長のうえに縦長を載せて、積みあげた。この川原のどこかには、恐竜の骨がぜったいに眠っている。だから、墓標を立てればこのあたりすべてが恐竜の墓になるのだと、キイちゃんは言いたいのだった。

坂は終わる。墓地のある寺はすぐそこに見えている。陽が高く、あたりはあかるくなっていた。だんだんと昼が近付いていていた。

でも、とわたしは思った。いまに至るまでわたしはキイちゃんのほんとうの名前を思いだせなかった。上の名前も下の名前も思いだせず、キイちゃん、というあだ名でしか思いだせなかった。顔も思いだせなかった。名前は墓石に書いてあるはずだから、どれがキイちゃんのものなのか、このままではわからないと思った。キイちゃんがほんとうはどうやって、何歳のときに亡くなったのかもまだわからなかった。キイちゃんなんてほんとうは存在しないのかどうかもわからなかった。

キイちゃん。もしわたしがあなたの頭にスコップを突き立てて、皮を破って骨をむき出しにしたのなら、あなたの骨にはいまでもその傷が残っているはずだよね。でも、わたしはそんなことはしていない。スコップはあなたの頭の表面をかるく撫でただけで、それどころか当たってすらいなかったのかもしれなくて、それでもあなたは飛んできた先生に抱きかかえられて病院にいったのかもしれないけれど、翌日にはもう元気に学校に来て、その日の放課後も川原に恐竜をさがしにいっていたんだよ。

スコップであなたの頭を軽くさわって、もしかしたらわたしは言ったかもしれない。骨があるよ、と、そう言ったかもしれない。でも、そんなことでひとは死なないんだよ。あなたの頭蓋骨に傷などついていないはずだし、あなたが頭に器具をつけて生活をしていたのも、そのこととはまったく無関係で、あなたの死因はそのこととも、もしかしたら器具をつけることになったほんとうの理由とさえも無関係だったのかもしれなくて、わたしはもうよく覚えていないけれど、川原ではきっと何も起こらなかったはずで、あなたがいつまでも恐竜を信じていることが、わたしをいまだにそんなふうに思っていることが、わたしはいま、ほんとうにかわいそうだと思う。だからわたしは、あなたの骨をみつけてあげたい。掘りだして、そこに傷がないことを、恐竜なんてほんとうは最初からこの土地にいなかったということを、あなたに教えてあげたい。

あなたがほんとうにこの土地に実在して、この土地で亡くなったものであれば、この一帯で唯一の墓地であるこの場所の、どこかには骨が眠り、墓標が立っているはずだった。名前がわからないから、どれだかわからない。とにかく手当たり次第に墓石をひっくり返し、土を掘りかえせば、いつかあなたの骨のありかに辿りつくはずだった。そうだよね。わたしはそれをしてみたい。わたしは骨を掘りかえしてみたい。わたしを呪ったこの土地の骨を無差別に掘りかえしてみたい。そして、もういちどあなたに会ってみたい。あなたの骨がどんなかたちをしているか見てみたい。

初出　「文藝」二〇二四年冬季号

待川匙（まちかわ・さじ）
一九九三年、徳島県生まれ。
滋賀県育ち。
二〇二四年、「光のそこで白くねむる」で
第六一回文藝賞受賞。

光《ひかり》のそこで白《しろ》くねむる

二〇二四年一一月二〇日　初版印刷
二〇二四年一一月三〇日　初版発行

著　者　待川匙《まちかわさじ》
カバー写真　佐伯慎亮
装　丁　川名潤
発行者　小野寺優
発行所　株式会社河出書房新社
〒一六二-八五四四　東京都新宿区東五軒町二-一三
電話〇三-三四〇四-一二〇一（営業）〇三-三四〇四-八六一一（編集）
https://www.kawade.co.jp/
組　版　KAWADE DTP WORKS
印　刷　大日本印刷株式会社
製　本　小泉製本株式会社

Printed in Japan　ISBN978-4-309-03938-1

ハイパーたいくつ——松田いりの

職場で疎まれている私をチームリーダーは「ペンペン」と呼ぶ——八方塞がりの毎日が限界を迎えたとき、壊れた言葉が現実に侵食してゆく、リリカル系日常破壊小説！　第六一回文藝賞受賞作。